Sabine Brandenburg

Meine Jo!

Roman

Bibliografische Information der Deutschen Nationalbibliothek: Die Deutsche Nationalbibliothek verzeichnet diese Publikation in der deutschen Nationalbibliografie; detaillierte bibliografische Informationen sind im Internet unter http://dnb.dnb.de abrufbar.

© 2014 Sabine Brandenburg-Frank
Herstellung und Verlag:
BoD – Books on Demand, Norderstedt

ISBN: 9783735780065

Als Jo nach den Sommerferien neu in die Klasse kommt, steht für Sophie fest: sie will ihre Freundin sein. Aber die Neue lässt sie gnadenlos abblitzen. Ein halbes Jahr später kommt es auf dem Schulhof zu einer Prügelei mit zwei älteren Jungs, die beiden Mädchen müssen gemeinsam nachsitzen. So beginnt ihre Freundschaft, im Sommer 1985. Und dann, kurz vor dem Abitur, bleiben an einem Morgen vier Stühle im Klassenzimmer leer. Jo, Sven, Max und Eva fehlen. „Ich muss Ihnen eine schlimme Nachricht überbringen", sagt der Klassenlehrer, „heute Nacht ist ein Unfall passiert. Ihre Mitschülerin Jo ist tot."
Bis heute kann Sophie nicht glauben, dass Jo am Steuer des Wagens saß, wie die anderen behaupteten. Die Einladung ihrer alten Schule zur fünfundzwanzigjährigen Abiturfeier will sie zuerst wegwerfen, aber dann entschließt sie sich doch zu einer Reise in die Vergangenheit. Es ist ihre letzte Chance zu erfahren, was in jener Nacht wirklich geschah.

Sabine Brandenburg, 1957 in Pforzheim geboren, studierte Schmuckdesign und Literaturwissenschaft. Im Jahr 2000 promovierte sie mit „Mignon und Meret, Schwellenkinder Goethes und Gottfried Kellers".
Sie lebt als freie Designerin in Staufen bei Freiburg.

Es ging ganz schnell. Ansonsten ins Bedauern jenseits des Jordan nicht üblich. Wir alle hier wissen, was uns blüht. Dass wir aufhören zu existieren, wenn ihr aufhört, an uns zu denken.

Ulrich Plenzdorf, Die neuen Leiden des jungen W.

Für Egon

Jo

„Verdammt, seid ihr übergeschnappt? Sofort aufhören!"
Die beiden Jungs, die damit beschäftigt waren, uns kleinere Verletzungen beizubringen und dabei unseren Fußtritten und Fingernägeln auszuweichen, rannten weg, als der Sportlehrer auf der Bildfläche erschien. Mir tropfte Blut aus der Nase und versaute mein schönes neues T-Shirt, Jos linkes Auge begann, sich in ein Veilchen zu verwandeln. Sie kramte ein zerknittertes Tempo aus der Hosentasche und reichte es mir. Sie war noch kein halbes Jahr in unserer Klasse, uns schon prügelte ich mich ihretwegen mit Jungs!
„Das ist Johanna", hatte unser Klassenlehrer Herr Fröhlich sie uns nach den Sommerferien vorgestellt, „eure neue Mitschülerin. Ich erwarte von euch, dass ihr sie freundlich aufnehmt." Sie stand da, die Hände in den Hosentaschen, als ginge das Ganze sie nichts an. Sie trug löchrige Jeans und eine knallrote Sportjacke, die langen schwarzen Haare hingen ihr ungekämmt ins Gesicht. Als Fröhlich fertig war, ließ sie sich auf einen freien Platz in der ersten Reihe fallen und starrte aus dem Fenster. Sie war anders als alle Mädchen, die ich kannte. Im Vergleich zu ihr waren wir Kinder, nicht nur, weil sie beim Schulwechsel zurückgestuft worden war und ein Jahr älter war als wir. Eigentlich war sie nicht besonders hübsch, stellte ich fest, als ich sie in der Pause heimlich betrachtete. Ihr Mund war zu breit und ihre Nase zu groß. Sie lehnte am Fenstersims, kaute an einem Apfel und ignorierte alles um sie herum. Ich nahm meinen Mut zusammen und sprach sie an. „Hallo, Johanna, ich heiße Sophie. Willkommen in unserer Klasse."
Sie strich sich die Haare aus der Stirn, ein Paar ungewöhnlich helle Augen fixierten mich voller Verachtung. Husky-Augen.

„Ich heiße Jo!", sagte sie herablassend, dann ließ sie den Vorhang wieder fallen, biss in ihren Apfel, drehte sich zum Fenster und ließ mich stehen. Mit rotem Kopf verzog ich mich an meinen Platz in der letzten Bank. „Na, abgeblitzt", bemerkte Eva spöttisch, die für die nächste Stunde ein Diagramm an die Tafel zeichnete. Alle anderen waren zum Glück draußen.
Und nun ging sie neben mir her im Schlepptau des Sportlehrers, der uns zum Direktor brachte, gab mir ihr Taschentuch und grinste mich an, als wären wir schon Jahre befreundet! Trotz meiner schmerzenden Nase, dem versauten T-Shirt und der drohenden Strafe war ich rasend glücklich! Wer hätte mit so was gerechnet heute morgen! Der Tag hatte so trostlos angefangen wie alle meine Schultage. Der einzige Lichtblick war wie jeden Tag, Jo zu beobachten und auf den richtigen Moment zu warten, um mich ihr zu nähern. Ich wollte unbedingt ihre Freundin sein, koste es was es wolle. In der großen Pause stellte ich mich so hin, dass ich sie im Blickfeld hatte und sie mich nicht bemerkte. Zu tief saß die Kränkung nach meinem ersten Annäherungsversuch. Niemals hätte ich zugegeben, dass sie mich interessierte. Jo lehnte an einem Pfeiler und aß einen Apfel, sie schien sich überhaupt nur von Äpfeln zu ernähren. Von ihrer Umgebung nahm sie keine Notiz, denn sie war in ein Buch vertieft. Deshalb merkte sie auch nicht, wie ein Junge aus der Klasse über uns betont unauffällig an ihr vorbei schlenderte. Er quatschte sie an, sie sah kauend von ihrem Buch auf und las dann weiter, als wäre er Luft. Aber er ließ sich nicht so leicht abspeisen wie ich und schlug ihr das Buch aus der Hand. Im Bruchteil einer Sekunde landete Jos Hand mit hörbarem Klatschen in seinem Gesicht. Dann hob sie ihr Buch auf und wollte sich verziehen. Ein zweiter Junge hatte die Szene beobachtet und kam seinem Freund zu Hilfe. Er hielt Jo fest, der andere versuchte, an sie ranzukommen, sie wehrte sich mit Fußtritten, aber gegen zwei hatte sie

keine Chance. Das machte mich wütend, ich rannte zu ihnen rüber, packte den Angreifer und zog ihn mit einem Ruck von Jo weg. Er drehte sich um und versetzte mir einen Stoß, ich fiel hin, rappelte mich wieder hoch, und dann lernte ich meine Wut kennen! Sie musste schon immer in mir gesteckt haben, nun kam sie raus und überraschte mich selbst, ich schlug dem Jungen mit aller Kraft ins Gesicht, was zur Folge hatte, dass eine Menge Blut aus meiner Nase schoss, wo seine Faust mich gleich darauf erwischte. Jo befreite sich und wollte mir helfen, da beendete das Erscheinen des Lehrers die Prügelei.
„Wie könnt ihr euch so gehen lassen, ihr seid Mädchen, ihr solltet euch schämen!" Mir lief immer noch das Blut aus der Nase.
„Die Jungs haben angefangen!", schrie ich, als ich wieder Luft bekam, meine Stimme kippte um, ich war fassungslos, weil der idiotische Lehrer uns bestrafen wollte und die Jungs, die an allem schuld waren, laufen ließ.
„Interessiert mich nicht, Mädchen prügeln sich nicht, merkt euch das!"
„So ist es immer, gewöhn dich dran!", sagte Jo trocken. Wir bekamen einen Verweis, Eintrag ins Klassenbuch und mussten an vier Nachmittagen in der folgenden Woche nachsitzen. So begann unsere Freundschaft.

Zuhause

Alles sieht noch genau so aus wie früher, aber es kommt mir kleiner und schäbiger vor, die Häuser geschrumpft, die Fassaden schmuddelig und grau. Das Hotel gegenüber dem Bahnhof steht leer, die Fenster sind eingeschlagen und mit Pappe verklebt. Im Erdgeschoss werden Burger und Pommes verkauft. Ich gehe die Bahnhofstraße runter, am Leopoldsplatz vorbei. Das Tchibo an der Bushaltestelle ist voller Schüler. Früher habe ich mich nicht reingetraut, nur zusammen mit Jo. An einem Tisch steht ein Mädchen mit wilder schwarzer Mähne und roter Jacke, genau wie Jo. Plötzlich fällt mir der Abend wieder ein, als wir in die Baustelle einbrachen. "Betreten verboten, Eltern haften für ihre Kinder" stand auf dem gelben Schild am Bauzaun, aber Jo kümmerte sich grundsätzlich nicht um Verbotsschilder. Sie lockerte ein Brett und wir zwängten uns durch die Lücke.
„Wo willst du hin?" fragte ich, während ich hinter ihr her lief. Es war windig, Plastikplanen flatterten am Baugerüst und knallten gegen die Betonmauern. „Auf's Dach." Wir standen im Treppenhaus, das noch nicht existierte, statt dessen war da ein großes rechteckiges Loch in der Decke, durch das Holzstiegen anstelle von Treppen hinaufführten. Jo kletterte hoch, ihre rote Jacke schwebte über mir, ich bemühte mich, nicht durch die Sprossen hindurch nach unten zu schauen. Oben stiegen wir aus der Luke, der Wind pfiff heftig, aber die Aussicht war gigantisch. Wir gingen bis an den ungesicherten Rand der Dachfläche, ich schaute runter und trat einen Schritt zurück. Jo hatte keine Angst. „Es wäre toll, wenn man fliegen könnte", sagte sie, „vielleicht müsste ich mich nur abstoßen und losfliegen und die Luft würde mich tragen."
Eine Windbö erwischte uns, wir konnten uns kaum auf den Beinen halten, außerdem kamen die ersten Regentropfen runter. „Komm, lass uns gehen, es wird unge-

mütlich", bat ich Jo, aber die breitete die Arme aus und legte sich in den Wind. „Pass auf!", schrie ich, „du fällst noch runter", aber bei dem Getöse von Wind und Regen konnte sie mich nicht hören, oder sie wollte nicht. Sie stand dort am Abgrund, ihre Jacke blähte sich im Sturm wie ein rotes Segel, sie rudert mit den Armen, als wollte sie abheben, und in diesem Moment glaubte ich wirklich, sie sei so verrückt, es zu versuchen.

Ich gehe über die Brücke. Da ist das Rialto, wo wir uns nach der Schule manchmal Eis gekauft haben. Der Pavillon daneben ist neu, Tische und Stühle aus Metall und nicht wie früher aus abgenutztem weißem Plastik. Ich setze mich an einen Tisch, winke der Kellnerin und bestelle einen Cappuccino. Irgendwie habe ich noch keine Lust, ins Hotel zu gehen. Ich komme mir vor wie jemand, der von einer Zeitreise in die eigene Vergangenheit zurückkehrt. Alles ist ihm vertraut, aber niemand erkennt ihn, weil er ein halbes Leben hinter sich gebracht hat, während für die Anderen die Zeit stehengeblieben ist. Ich bin ein Alien, von einem anderen Stern, nicht ganz real. Als ich im Internet das Hotel buchte, hatte ich plötzlich die Idee, nicht nur die eine Nacht sondern ein paar Tage zu bleiben. Wenn ich nach so langer Zeit nach Hause fahre, dachte ich, dann kann ich mir ja die Stadt mal wieder ansehen. Beim Hinausgehen kommen mir zwei Frauen entgegen. Eine von ihnen kenne ich, sie war in unserer Schule, aber mir fällt ihr Name nicht ein. Sie schaut mich an, als versuche sie auch, sich zu erinnern. Also doch kein Alien, jemand hat mich erkannt! Eine halbe Stunde später liegen meine Jeans und T-Shirts ordentlich im Schrank des Hotelzimmers, die Zahnbürste steht im Zahnbecher, das Duschgel auf der Ablage neben der Brause. Zum ersten Mal frage ich mich, was ich eigentlich hier anfangen soll. Am besten gleich wieder auf die Straße, da wird mir schon was einfallen. An einer Bushaltestelle bleibe ich stehen und studiere den Fahrplan. Gleich muss ein

Bus der Linie fünf kommen, mit der ich nach der Schule immer nach Hause gefahren bin. Ich steige ein und setze mich in die letzte Bank. Beim Tchibo drängelt lärmend ein Pulk Schüler herein, Handys klingeln, aus Ohrstöpseln tönt Musik. Sie verteilen sich auf die Sitze, lachen und unterhalten sich in Disko-Lautstärke, um den Lärm aus ihren iPods zu übertönen. Nach und nach verlassen sie wieder den Wagen, einzeln oder zu mehreren, in verschiedenen Gegenden der Stadt. Zuletzt sind nur noch drei Mädchen übrig. Der Bus hält an der Waldsiedlung, meiner Haltestelle, aber ich steige nicht mit ihnen aus sondern fahre weiter aus der Stadt raus, in den Wald, bis zum Seehaus. Nicht weit davon ist der Unfall passiert.

Eine schlimme Nachricht

Als vor ein paar Wochen der Brief von meiner alten Schule im Briefkasten lag, eine Einladung zur fünfundzwanzigjährigen Abiturfeier, wollte ich ihn wegwerfen. Aber wie hatte das Schulsekretariat überhaupt meine Adresse herausgefunden? In den letzten Jahren bin ich mindestens zehn Mal umgezogen. Da steckte doch bestimmt Fröhlich dahinter! Ich sah ihn vor mir, wie er am Computer saß und nicht aufgab, bis er mich und alle anderen ausfindig gemacht hatte, die aus der Stadt weggezogen sind. Vielleicht will er, dachte ich, dass wir noch einmal zusammen treffen, damit endlich die Wahrheit über den Unfall und über Jos Tod ans Licht kommt.
Am Morgen des sechsundzwanzigsten Juni 1986 blieben in unserem Klassenzimmer vier Stühle leer. Eva, Sven, Max und Jo fehlten. Fröhlich kam zu spät. Eine Weile stand er schweigend vor der Tafel und sah uns an. Plötzlich bekam ich Angst. Was war los? So hatte ich ihn noch nie erlebt. Dann sagte er: „Ich muss Ihnen eine schlimme Nachricht überbringen. In der vergangenen Nacht ist ein Autounfall geschehen. Ihre Mitschülerin Johanna ist tot."
Draußen war es heiß, ein perfekter Sommertag. Vögel zwitscherten, der Geruch von frisch gemähtem Gras wehte durch die offenen Fenster herein. Ich hatte mit Jo zum Baggersee fahren wollen, ich musste dringend mit ihr reden, ich war wütend auf sie, enttäuscht, verletzt – deshalb war ich nicht bei Svens Geburtstagsparty gewesen, obwohl ich eingeladen war wie alle aus der Klasse. Wenn ihr noch etwas an unserer Freundschaft liegt, dachte ich, dann wird sie mitkommen und mir alles erklären.
„Max wurde schwer verletzt", fuhr Fröhlich fort, „die beiden anderen sind zum Glück mit leichten Verletzungen davongekommen. Es geschah auf der Waldstrecke

beim Seehaus. Zum Unfallhergang kann ich Ihnen im Moment nichts sagen. Der Unterricht fällt für Sie heute aus." Er verließ den Raum und wir packten zusammen. Ich war wie betäubt. Jemand sagte: „Jo war schuld, sie ist gefahren." Mir fiel das Buch aus der Hand, das ich in meine Tasche stecken wollte, und knallte auf den Boden.
Seitdem habe ich jeden Tag an Jo gedacht. Manchmal glaube ich, sie lebt noch. Mir ist klar, dass das nicht sein kann, ich war auf ihrer Beerdigung, alle aus der Klasse sind an ihrem Grab vorbeigegangen, haben Erde und kleine Blumensträuße auf ihren Sarg fallen lassen. Ein paar haben geweint. Sven grinste, er konnte wohl nicht anders, am liebsten hätte ich ihm eine reingehauen. Aber niemand von uns hat sie gesehen, ausgenommen Sven, Max und Eva. Vielleicht hat sie nur so getan, als wäre sie tot. Ich stelle mir vor, dass sie sich aus der Klinik davongeschlichen hat und jemand anders an ihrer Stelle im Sarg lag. Manchmal google ich ihren Namen, ohne Ergebnis. Aber vielleicht nennt sie sich jetzt anders, das würde zu ihr passen, eine neue Identität annehmen, verschiedene Leben leben, nirgendwo lange bleiben. Das Leben ist ein Spiel, sagte sie oft, Hauptsache man ist auf der Gewinnerseite. Aber das war sie definitiv nicht in jener Nacht. Denn eines ist klar: Jo saß nicht am Steuer, als der Unfall passierte! Sven und Eva haben gelogen!
Wenn Jo nicht gefahren ist, dann kommt nur einer in Frage: Sven. Es war sein Auto, es war seine Party. Irgendetwas muss vorgefallen sein, das nur Sven, Eva und Max wissen und worüber sie die ganze Zeit geschwiegen haben.

Hier war es

Vom Seehaus gehe ich an der Straße entlang bis zur Unfallstelle.
Wir haben damals ein Holzkreuz aufgestellt, mein Vater und ich. Er hat es mit mir zusammen gebaut, das war seine Art, mir zu helfen. Meine Mutter behandelte mich nach Jos Tod, als wäre ich krank oder nicht zurechnungsfähig. Ihr Blick verfolgte mich durchs Haus, sie versuchte, mir jeden Wunsch zu erfüllen, kochte meine Lieblingsgerichte, aber ich hatte keinen Appetit, versuchte, mich auf andere Gedanken zu bringen, aber ich mochte die Bücher nicht lesen, die sie wie zufällig in meiner Nähe liegen ließ, und zog das T-Shirt nicht an, das sie für mich kaufte. Sie wartete darauf, dass ich mich ihr anvertraute, aber grade weil sie darauf wartete, konnte ich es nicht. Außerdem wusste ich genau, dass sie Jo nicht gemocht hatte. Ich reagierte nicht, wenn sie etwas zu mir sagte, und wenn ich nicht vor dem Fernseher hockte und den Ton aufdrehte, um nicht reden zu müssen, schloss mich in mein Zimmer ein, lag auf dem Bett und starrte an die Decke. Schlafen konnte ich sowieso nicht, deshalb nahm ich spät abends Margo an die Leine und lief mit ihr in den Wald. Margo war mein Hund, eine Schäferhund-Mischlings-Hündin. Eine Zeitlang war sie auch Jos Hund gewesen.
„Lass sie", hörte ich meinen Vater im Wohnzimmer sagen, als ich mich zur Tür rausschlich, „sie hat den Hund dabei, es kann ihr nichts passieren." Draußen konnte ich wieder atmen. Ich leuchtete mit der Taschenlampe auf den Weg, an Baumstämmen hoch, hinter denen die Dunkelheit stand, eine schwarze Wand, aus der ab und zu Geräusche drangen. Im Wald hatte ich keine Angst, nicht mit Margo. Ich ging einfach immer weiter, bis ich nicht mehr konnte, legte mich auf den stacheligen Waldboden, weit weg von den Spazierwegen, wo tagsüber Leute vorbeikamen, an einer Stelle,

wo mich niemand finden würde. Ich wollte einfach liegenbleiben und warten, bis ich tot war, so tot wie Jo. Dabei war mir nicht klar, ob das überhaupt ging und wie lange es dauern würde. Außerdem, wenn ich es wirklich gewollt hätte, dann hätte ich Margo nicht mitnehmen dürfen. Nach einer Weile wurde sie ungeduldig und zerrte an der Leine. Mein T-Shirt war feucht, mein Rücken tat weh und mir war kalt, also stand ich auf und lief ihr hinterher. Zuverlässig wie ein Blindenhund fand sie den Weg zurück.

Als ich die Tür aufschloss, sah ich Licht im Wohnzimmer. Meine Eltern saßen am Esstisch, anscheinend hatten sie gewartet, bis ich zurückkam. Ich wollte die Treppe raufrennen und mich wie immer einschließen, aber meine Mutter kam raus auf den Flur und hielt mich fest. Sie sah verheult aus. „Ich halte das nicht mehr aus, Sophie! Bitte rede mit mir!" Tränen liefen ihr übers Gesicht.
„Du hast Jo gehasst, oder?", schrie ich sie an. Sie gab es sofort zu, und damit war das Eis zwischen uns gebrochen. Wir redeten ein paar Stunden lang nur über Jo, ich erzählte ihr alles, was wir zusammen erlebt hatten (na ja, fast alles). Ab und zu schaute sie mich von der Seite an, als könnte sie nicht so ganz glauben, was ich da erzählte, und manchmal musste sie so lachen, dass ich mitlachte, obwohl mir immer noch zum Heulen war.
„Schade", sagte sie, als mir nichts mehr einfiel, „dass ich Jo nicht richtig kennengelernt habe. Aber, ehrlich gesagt," sie hielt einen Moment inne, „ich war manchmal ziemlich eifersüchtig auf sie. Ich dachte wirklich, du magst sie mehr als mich." Wir fingen beide gleichzeitig wieder an zu heulen und umarmten uns ziemlich lange. Mein Vater ging ganz leise aus dem Zimmer, holte im Keller sein altes Werkzeug raus und schmirgelte den Rost ab. Am nächsten Tag bauten wir zusammen das Kreuz.

„Es muss hundert Jahre halten!", verlangte ich von ihm. „Kein Problem, wir kaufen Holzschutzmittel, das Giftigste, das es gibt."
Als es fertig war, zeigte er mir, wie man mit dem Lötkolben Buchstaben ins Holz brennt. Sie gelangen mir nicht besonders gut, waren krumm und ungleichmäßig und sahen aus wie krakelige Insekten, die am Querbalken entlangkrochen und sich zufällig zu etwas Lesbarem anordneten. Dann fuhren wir in den Wald. Zuerst verpassten wir den Unfallort, mussten wenden und dieselbe Strecke wieder zurückfahren, dann fand ich die Stelle, wo der Wagen den Seitenstreifen aufgerissen und einen Baum beschädigt hatte.
Vater hatte ein Verankerungseisen besorgt. Ich nahm den Vorschlaghammer aus dem Kofferraum und hämmerte meine Wut und meine Trauer mit der Eisenstange in den Boden. Er ließ mich machen, bis ich nicht mehr konnte, und setzte noch zwei Schläge drauf, um die letzten Zentimeter zu versenken. Dann schraubten wir das Kreuz an der Halterung fest. Ich hatte eine Vase mitgebracht und eine Sprudelflasche mit Wasser und einen Blumenstrauß, Löwenmäulchen. „Schön", sagte mein Vater, als es fertig war. In den folgenden Wochen fuhr ich jeden Tag nach der Schule dorthin, rupfte Unkraut raus, las abgefallene Blätter und Müll zusammen und brachte frische Blumen mit, wenn der alte Strauß verwelkt war. Meine Eltern merkten nicht, dass ich einen Bus später kam, oder sie taten so als merkten sie es nicht.

Sven

Das Kreuz steht noch da, und man kann es noch lesen:

JOHANNA 17. MÄRZ 1967 – 26. JUNI 1986

Ich klettere die Böschung runter. Hier ist der Wagen von der Fahrbahn abgekommen und unten an dem Baum gelandet. Der steht auch noch da, die Narbe ist an seinem Stamm zu sehen. Ich habe den Zeitungsausschnitt von damals mit dem Unfallfoto aufgehoben, Svens völlig demolierter Golf neben diesem Baum, dessen Stamm noch schmal ist. Es stehen keine Namen dabei, nur dass es einen schwerer Unfall gab auf der Straße zum Seehaus, eine Tote, drei Verletzte.
Der wirkliche Grund, warum ich damals nicht bei Svens Party war: ich hatte entdeckt, dass Jo mit Sven zusammen war. Und sie hatte mir nichts davon erzählt! Ausgerechnet diese beiden, ausgerechnet Jo und Sven! Der Macho, der alle paar Wochen mit einer neuen Flamme aufkreuzte, der notorische Angeber – um zu verstehen, wie sehr mich diese Entdeckung traf, muss man wissen, dass ich in Sven verknallt war. Das hatte angefangen, als Jos Erscheinen noch in weiter Ferne lag. In viel weiterer Ferne, nämlich in der Welt der unerfüllbaren Träume, lag die Möglichkeit, dass Sven sich je für mich interessieren könnte. Wahrscheinlich ist es ein Naturgesetz, dass Mädchen wie ich sich in Typen wie ihn verlieben. Die Schüchternen, die nach nichts aussehen und den Mund nicht aufkriegen, sind immer notorisch verknallt in die Überflieger der Klasse. Jedenfalls passiert das in jedem zweiten Film und in jedem dritten Roman. Deshalb gehörte Sven in gewisser Weise mir. Zumindest in der Phantasie hatte ich ein Anrecht auf ihn, denn in solchen Filmen und Romanen geht es meistens so aus, dass sich das unscheinbare Mädchen plötzlich in

ein Supergirl verwandelt und den Typ doch noch abkriegt.
Nicht lange nachdem unsere Freundschaft begonnen hatte erzählte ich es Jo. Wir waren uns einig, dass Sven bis an die Schmerzgrenze eingebildet, gefühllos und machtbesessen war und dass er meine heimliche Verliebtheit nicht im Geringsten verdiente. Unsere Freundschaft war ein Bündnis gegen alle Svens in diesem Universum! Erst im Nachhinein wurde mir klar, wann es zwischen den beiden angefangen hatte. Es spielte sich vor meinen Augen ab, ich hatte es gesehen, aber nicht kapiert. Es war in einer Physikstunde. Unser Mathe-Genie Carola stand an der Tafel und schrieb eine Formel hin, die mir etwa so viel sagte als wäre sie in Keilschrift geschrieben. Es war so still in der Klasse, dass man die Kreide auf der Tafel kratzen hörte. Carola war völlig konzentriert und merkte nicht, dass der Lehrer (wir hassten ihn und er uns!) hinter ihrem Rücken hin und her tigerte und darauf wartete, dass sie einen Fehler machte. Sie machte aber keinen, und das ärgerte ihn. Irgendwann hielt er es nicht mehr aus und ließ seinen drohend ausgestreckten Zeigefinger auf einer x-beliebige Stelle der Formelschlange landen.
„Das hier ist völlig falsch, es muss XY heißen!"
Carola erstarrte. Als sie sich umdrehte, sahen wir an den roten Flecken auf ihren Wangen dass sie wütend war. Die immer selbstbeherrschte Carola wurde selten wütend, aber wenn sie mal explodierte, dann war es für alle in ihrer Nähe sinnvoll, in Deckung zu gehen. „Das ist alles vollkommen richtig, und das wissen Sie so gut wie ich!", zischte sie den Lehrer an. Genau das hatte er erreichen wollen. Mit überlegenem Lächeln schlug er das Klassenbuch auf und verkündete befriedigt, was er hineinschrieb: ,'Schülerin Carola F. verhält sich ungebührlich und wird ermahnt, sich eines anderen Tones zu befleißigen.' Setzen Sie sich, ihre Leistung war mangelhaft." Carola wollte etwas erwidern, aber er schnitt ihr

das Wort ab. „Wenn es Ihnen nicht passt, dann können Sie ja gehen und sich beim Direktor beschweren!" Wir hatten die Szene ungläubig beobachtet. Carola war eine gute Schülerin, kein Lehrer hatte etwas an ihr auszusetzen. Sie knallte die Kreide auf den Tisch und ging nicht an ihren Platz zurück, sondern riss die Tür auf und lief hinaus. Und dann geschah etwas Erstaunliches: wir standen alle gleichzeitig auf, als hätte jeder Einzelne von uns im selben Augenblick diesen Entschluss gefasst, und verließen schweigend den Physiksaal, um uns gemeinsam beim Direktor zu beschweren.
Beim Hinausgehen suchte ich Jo, im Durcheinander des Aufbruchs hatte ich sie aus den Augen verloren. Ich entdeckte sie neben Sven, es ärgerte mich, dass ich so abgehängt worden war, ich versuchte, zu ihr durchzukommen, und dann sah ich es: Sven legte den Arm um ihre Hüfte und die Lippen an ihr Ohr. Ob er ihr etwas zuflüsterte oder sie auf die Wange küsste konnte ich nicht erkennen, aber es war nicht zu übersehen, dass was zwischen ihnen lief. Ich blieb stehen und wartete, bis alle weg waren, unsere ganze Aktion war mir plötzlich gleichgültig. Ich verließ die Schule und fuhr mit dem Bus nach Hause.

„Wo bist du denn gestern abgeblieben?" fragte mich Jo am nächsten Tag, „es war spannend! Der Direktor hat unsere Beschwerde akzeptiert, wir bekommen ab sofort einen anderen Physiklehrer!" „Mir wurde plötzlich schlecht", log ich. Jo erzählte mir haarklein, was noch alles passiert war, und allmählich ärgerte ich mich, dass ich es verpasst hatte. Vielleicht hatte ich mich ja getäuscht und alles war ganz harmlos gewesen, eine zufällige Berührung im Gedränge, ein Scherz. Jo war wie immer, wir hingen zusammen wie eh und je, nur dass sie jetzt ab und zu sagte, sie müsse lernen, wenn ich mich für den Nachmittag mit ihr verabreden wollte. Ich fand nichts dabei, das Abi rückte näher, auch ich hatte genug Stoff nachzuholen.

Ein paar Tage vor der Party sah ich die beiden dann beim Musiksaal, als ich morgens von der Bushaltestelle kam. Sie standen in unserer Ecke, in die wir uns in den Pausen zurückzogen, um unsere Ruhe zu haben. Sie hielten sich im Arm und küssten sich. Und ich Idiotin hatte mir eingebildet, Jo hätte keine Geheimnisse vor mir, ich könnte mich darauf verlassen, dass sie mir alles anvertraute, so wie ich ihr alles anvertraute. Dabei belog sie mich, ohne mit der Wimper zu zucken! Eine unbändige Wut kochte in mir hoch, am liebsten wäre ich zu den beiden hingegangen und hätte Jo eine geknallt! Wie konnte sie mich so verraten? Und gleichzeitig so tun, als wäre sie nach wie vor meine beste Freundin? Sie hatte Sven wahrscheinlich längst erzählt, dass ich in ihn verknallt war, vielleicht lachten die beiden zusammen über mich, über die dumme, naive Sophie – das war der Grund, warum ich am Abend nicht zu Svens Geburtstagsparty ging, obwohl ich eingeladen war, wie alle aus der Klasse.

Es war ein komischer Abend, etwas lag in der Luft. Ich saß bei offenem Fenster am Schreibtisch und brütete vor mich hin, die Schwüle stand im Zimmer, ab und zu kam ein Windhauch rein und brachte ein bisschen Kühle mit. In der Ferne grummelte es, ich hoffte, dass ein Gewitter die Party sprengen würde, aber die Wolkenwand verzog sich wieder. Später schien der Mond, ein eingedellter Fußball. Ich hielt es nicht mehr aus, ich glaubte zu ersticken! Leise ging ich die Treppe runter. Krimi-Musik aus dem Wohnzimmer, meine Eltern würden nicht hören, wenn ich das Haus verließ. Margo war nicht in ihrem Korb, wahrscheinlich lag sie neben meinem Vater auf dem Sofa und ließ sich kraulen. Wenn ich sie mitnehmen wollte, musste ich ins Wohnzimmer gehen und sagen, dass ich raus wollte. Ich beschloss, Margo hier zu lassen, steckte die Taschenlampe ein und ging los. Automatisch schlug ich die Richtung zum Seehaus ein. Die Party musste in vollem Gang sein. Trotz Mondschein war der Weg stockfinster, ich knipste die Taschenlampe an und leuchtete vor mir her. Es war so still, als wären alle Tiere von der drückenden Hitze betäubt, nichts regte sich. Ich bildete mir ein, Musik zu hören. Sollte ich so tun, als hätte ich mich erst jetzt daran erinnert, dass die Party stattfand? Oder sollte ich mich einfach zu den anderen ans Feuer setzen, als wäre ich die ganze Zeit dabei gewesen? Bestimmt hatte mich niemand vermisst, schon gar nicht Jo! Ich ging schneller, war nun doch ungeduldig, wollte nicht zu spät kommen, wenn alles vorbei war. Plötzlich hörte ich ein Geräusch. Erschrocken leuchtete ich in den Weg entlang. Margo rannte auf mich zu und sprang an mir hoch, warf mich beinahe um, so sehr freute sie sich. Also hatte sie garnicht auf dem Sofa gelegen, sondern war irgendwann am Abend ausgebüxst und allein auf Tour gegangen, weil ich mich nicht um sie gekümmert hatte. Ich war so froh, sie bei mir zu haben, setzte mich auf den Boden, umschlang ihren Hals und vergrub mein Gesicht in ihrem Fell, das so gut roch. Kein Gedanke mehr an die dämliche Party, sollten sie ohne mich zu Ende feiern, ich lief mit Margo nach Hause.

Mein Abend!

Auf dem Rückweg vom Seehaus steige ich an der Haltestelle Waldsiedlung aus. Ein paar Straßen weiter haben wir gewohnt. Seit meine Eltern nicht mehr leben, war ich nicht mehr dort. Das Haus sieht freundlich aus, die Wände blau gestrichen, an den Fenstern orangefarbene Fensterläden. Die Haustür geht auf, ein Junge und ein Mädchen rennen ins Freie, die Mutter kommt hinterher. Sie grüßt mich freundlich, ich grüße zurück und gehe weiter. Hier kenne ich jede Ecke. Viel hat sich nicht verändert. Ein paar Häuser sind renoviert worden, andere sehen noch immer genauso aus wie vor fünfundzwanzig Jahren. Auf dem Spielplatz sehen die alten Klettergerüste und das kleine Karussell mit drei Metallbügeln, rot, gelb, blau, der Lack ist abgeblättert. Das Ding quietscht laut, als ich meinen Fuß auf einen Bügel setze. Mit der richtigen Gewichtsverlagerung konnte man es auf hohe Touren bringen, ich war darin unschlagbar, ging immer erst davon runter, wenn mir schlecht war.

Meistens hielt ich mich allein auf dem Spielplatz auf, bei Dämmerung, wenn die Mütter mit kleinen Kindern nach Hause gegangen waren. Ich wollte meine Ruhe haben und keine Fragen nach Schule und Eltern beantworten. Schon gar nicht wollte ich auf die Kleinen aufpassen, auf solche Ideen kamen Mütter, wenn ältere Kinder auf dem Spielplatz waren. Eine von ihnen rief dann, man solle doch bitte ein Auge auf die Kinder haben, dann drehten sie ihren Sprösslingen den Rücken, um ungestört miteinander zu quatschen. Aber am Abend konnte ich eine Stunde lang unbehelligt meine Runden drehen oder auf das niedrige Klettergestell klettern und versuchen, in der schmalen und kurzen Rinne der Rutschbahn auf Geschwindigkeit zu kommen. Später trafen sich hier die halbwüchsigen Jungs aus der Siedlung um zu rauchen, Musik zu hören und Bier zu trinken, und ich machte dass ich wegkam.

Hinter der Waldsiedlung liegt der Wildpark. Ich verdiente mir ab und zu Geld damit, Ställe auszumisten, Futter zu verteilen und Papier, Dosen und Zigarettenschachteln von den Wegen aufzulesen. Dabei ging es mir nicht so sehr um die Bezahlung, ich hätte es auch umsonst gemacht. Ich hielt mich gern in der Nähe der Tiere auf, mochte ihren Geruch, ihre Geräusche, und dass sie einen in Ruhe ließen und nicht vollquatschten. Ich kannte jeden einzelnen Bewohner des Wildparks sozusagen persönlich, mit Ausnahme der Wildschweine. Vor denen hatte ich Angst, ich traute mich nicht in ihr Gehege, sondern warf Kartoffelschalen und Brotreste einfach über den Zaun.
Wenn ich nicht im Wildpark war, lief ich mit Margo in den Wald. Es war kein richtiger Wald, der hinter dem letzten Gehege des Wildparks anfing, mehr eine Fichtenplantage mit Spazierwegen. Margo hatte einen ausgeprägten Jagd-Instinkt, ich traute mich nicht, sie frei laufen zu lassen, nachdem mir der Förster gedroht hatte, den Hund zu erschießen, wenn er ihn beim Wildern erwischen würde. Also verließ ich den Spazierweg und folgte ihr. Immer hatte sie irgendwelche Spuren in der Nase und zog mich an der Leine hinter sich her. Manchmal nahm ich ein Buch mit in den Wald und verzog mich an meinen Lieblingsplatz auf einer Anhöhe, mit guter Übersicht für Margo und einem Felsen, auf dem ich bequem sitzen konnte. Ich band Margos Leine irgendwo fest und versank in meiner Geschichte, während sie die Gerüche des Waldes entzifferte.

Die Ausflüge mit Margo wurden seltener, als ich mich mit Jo angefreundet hatte. Jo konnte nicht begreifen, was spannend daran sein sollte, im Wald rumzulaufen. Überhaupt war sie für Natur nicht zu haben. Nur einmal

konnte ich sie dazu bringen, mich zu begleiten. Wir verabredeten uns an der Bushaltestelle beim Tierpark. Als sie dort ankam, war sie schlechter Laune, weil sie sich auf eine so langweilige Sache wie einen abendlichen Waldspaziergang mit mir eingelassen hatte. Margo war dabei, sie zog an der Leine wie immer. Jo redete kein Wort, während wir an den Wildgehegen vorbeigingen. Es war dunkel, kein Tier zu sehen, nur ab und zu Geräusche hinter den Zäunen, ein Schnaufen, wo die Wisente standen, das Flügelschlagen der Gänse, die sich an ihre Schlafplätze zurückzogen, das leise Plätschern, mit dem ein Pulk Enten durchs Wasser glitt. Über unseren Köpfen der Laut eines Uhus. Jo lauschte. Plötzlich Grunz-, Schnüffel- und Schmatzlaute zu unserer Linken.
„Was war das jetzt?" fragte sie erschrocken.
„Wildschweine", antwortete ich in professionellem Ton.„Sie sind nachtaktiv und durchwühlen jetzt ihr Gehege."
„Ach so."
Wir bogen vom Hauptweg ab in einen überwachsenen Pfad und tauchten in die Finsternis. Nach einer Weile lichtete sich der Wald, wir waren an meinem Lieblingsplatz. Der Mond schien irgendwo hinter den Bäumen. Darauf hatte ich gewartet, bevor ich Jo den Vorschlag zu einer nächtlichen Wanderung machte, ein warmer Abend mit Vollmond. In ein paar Minuten würde die leuchtende Frisbeescheibe über die Baumwipfel springen und über unseren Köpfen stehen. Ich nahm die Flasche Rotwein aus meinem Rucksack, die ich aus dem Keller meiner Eltern hatte mitgehen lassen, entkorkte sie mit dem Taschenmesser, wir setzten uns Rücken an Rücken, die Köpfe aneinander gelehnt, tranken abwechselnd und lauschten den Geräuschen des Waldes. Zweige knackten, irgendwas stöhnte leise irgendwo. Ein Vogel fiepte im Schlaf, oder war es ein hellwacher Kauz? Margo hielt ihre Nase in den Wind und wusste mehr als wir.

„Man müsste sich verwandeln können", sagte Jo, und während sie sprach, spürte ich das Vibrieren ihrer Stimme an meinem Rücken. „Ein Tier sein können, eine Pflanze, oder ein anderer Mensch. Warum ist man sein ganzes Leben in sich selbst eingesperrt? Ich weiß ja nicht mal, was du grade denkst und fühlst, obwohl unsere Gehirne nur ein paar Zentimeter voneinander entfernt sind."
Ich hob meinen Kopf ein wenig und ließ ihn gegen ihren fallen. Es tat mehr weh als ich erwartet hatte!
„Au! Bist du blöd?"
„Jetzt fühlen wir grade das Gleiche."
„Spar dir solche Experimente! Ja, das Gleiche, aber nicht das Selbe. Jede von uns hat ihren eigenen Schmerz, und woher soll ich wissen, dass sich deiner genauso anfühlt wie meiner? Es gibt keinen Ausweg aus uns selbst, dem Gefängnis, in dem wir stecken, bis wir tot sind."
„Mir würde es schon reichen, ein anderes Leben zu leben. Einfach abhauen, verschwinden, in den Wald gehen und nicht zurückkommen."
„Ja, verschwinden und eine andere Identität annehmen. Das hat was! Wir könnten zum Beispiel als Hochstaplerinnen durch die Städte ziehen, die Leute abzocken und dann weiterziehen und uns wieder als jemand Anderes ausgeben."
„Man braucht verschiedene Personalausweise, wo sollen wir die her kriegen? Und man muss sich unterschiedliche Biografien ausdenken, darf keinen Fehler machen. Wenn du behauptest, du kommst aus der Stadt XY, und zufällig stammt dein Gegenüber von dort und stellt dir unangenehme Fragen? Nein, mir ist die Wildnis lieber, am besten Kanada, ein endloser Wald, wo dich niemand findet, eine Blockhütte bauen, in der Natur leben."
„Ach, bist du spießig! Aber wenn du unbedingt in den Wald willst, dann können wir auch folgendermaßen zusammenarbeiten: du bist mein Fluchtpunkt, wenn es

brenzlig für mich wird. Ich verstecke mich bei dir, bis niemand mehr nach mir sucht, und bereite in deiner Hütte meinen nächsten Raubzug vor. Dafür bring ich dir aus der Stadt Geld und Klamotten mit, oder mal was Anständiges zu Essen statt immer nur Bärenfleisch! Und die neuesten Zeitungen, in denen mein Phantombild abgedruckt ist. Natürlich erkennt man mich nicht, weil ich mich perfekt verändern kann, mit Gel-Maske und so. Manchmal bin ich ein Mann, manchmal eine Frau, mal alt und mal jung, und in jeder Verkleidung fange ich irgendwann an zu glauben, dass ich diese Person wirklich bin, die ich den anderen vorspiele. Bei dir kann ich dann wieder ich selbst sein, deine alte, langweilige Jo!"

„Würdest du jemanden töten?" Ich weiß nicht, warum ich Jo das gefragt habe. Ich versuchte sofort, mich rauszureden, die Frage zu entschärfen, das Wort „töten" zu relativieren. „Ich meine, wenn du entdeckt würdest, wenn dich jemand der Polizei verraten wollte, so was wie Notwehr meine ich."

Jo antwortete nicht. Ich war sicher, dass sie mir die Frage übel genommen hatte, weil sie daraus schloss, dass ich ihr zutraute, jemanden umzubringen. Ich wünschte, ich könnte zurücknehmen, was ich gesagt hatte. Aber Jo war in keiner Weise gekränkt oder irritiert, sie hatte nur nachgedacht. „Ja", sagte sie.

Der Mond kroch langsam über das Stück Himmel zwischen den Baumkronen, die Flasche leerte sich, irgendwann hörten wir auf zu reden. Und dann, als der Mond verschwunden war, kamen die Glühwürmchen. Plötzlich waren sie überall, Kaskaden von kalten, grünlichen Funken, verlöschend und wieder aufglühend, stiegen von Grashalmen hoch, lösten sich aus Zweigen, umschwärmten uns und ließen sich nicht greifen – doch, Jo hatte einen gefangen, ein kleiner, flacher, graubrauner Käfer lag in ihrer Hand, der augenblicklich das Leuchten einstellte. Sie ließ ihn auf einen Zweig kriechen, von wo aus er wieder zum Hochzeitsflug startete und den Lichtgenerator anwarf. Wir standen auf und tanzten in einer Wolke aus lebendigen Lichtpunkten herum, breiteten die Arme aus, drehten uns um uns selbst, blassgrüne Streifen zeichneten sich auf unserer Netzhaut ab. Dann erloschen die Glühwürmchen, der Wein war ausgetrunken und es war finster. Ich leuchtete uns mit meiner Taschenlampe den Weg zurück. Während wir Schritt für Schritt den Waldpfad entlangtappten, Margo voran an der Leine zerrend, triumphierte ich innerlich. Wirklich ein voller Erfolg, wie bestellt! Eine gelungene Inszenierung, zu der ich nichts beigetragen hatte außer den richtigen Zeitpunkt auszusuchen. Trotzdem war es mein Abend gewesen!

Theater

Jos Mutter war Schauspielerin am Stadttheater. Ich lernte sie kennen ein paar Wochen, nachdem ich mich mit Jo angefreundet hatte. Sie sah verdammt gut aus, die gleiche schwarze Haarmähne wie Jo und auch ihre Husky-Augen. Sie war sozusagen die weibliche Ausgabe von Jo, deren Gesicht kantig und jungenhaft wirkte, mit der zu großen, eigensinnig vorstehenden Nase und dem breiten Mund, der immer einen spöttischen Zug hatte. Jos Mutter war einfach schön, und ihr Lächeln warf einen wirklich um!
„Du kannst mich ruhig Marta nennen", sagte sie eines Abends zu mir. Wir saßen in der kleinen Wohnung vor dem Fernseher, die Füße auf dem Couchtisch, langten abwechselnd in eine große Tüte Kartoffelchips und sahen uns eine Vorabendserie an.
„Was es doch für einen Unterschied macht, wenn man zwei Buchstaben weglässt", bemerkte Jo beiläufig mit vollem Mund, was ihre Mutter augenblicklich in Wut versetzte. Ich verstand überhaupt nichts. „Sie heißt eigentlich Mart-in-a", flüsterte Jo mir zu, grade laut genug, dass ihre Mutter es hören konnte, „aber der Name ist ihr zu spießig, deshalb lässt sie lieber das ‚in' weg und nennt sich Marta. Das klingt irgendwie dramatischer, mehr nach großer Schauspielerin. Die zwei Buchstaben machen den Unterschied, nicht wahr, Mama?" Marta stand auf, machte sich in der Kochnische zu schaffen und tat, als hätte sie nichts gehört. „Ein Genie wie ich dagegen braucht überhaupt nur zwei Buchstaben, und jeder weiß sofort, von wem die Rede ist." Zufrieden stopfte sich Jo eine weitere Handvoll Chips in den Mund. Ich wusste nicht, was ich davon halten sollte. Die Art, wie die beiden miteinander umgingen, war wirklich gewöhnungsbedürftig.
Manchmal ging ich mit Jo ins Theater und wir sahen den Proben zu, wenn ihre Mutter mitspielte. Die Atmo-

sphäre dort faszinierte mich, am liebsten wollte ich später auch irgendwas am Theater machen, aber leider hatte ich nicht das geringste Talent zur Schauspielerin.
„Komm, ich will dir was zeigen!" sagte Jo eines Tages während der Probe und zog mich am Arm. Ich hätte lieber weiter zugesehen, ich sah Marta gerne spielen, aber Jo war immer nervös, wenn ihre Mutter auf der Bühne stand, zappelte auf ihrem Sitz rum und hatte ständig etwas an ihr auszusetzen. Wir rannten ein paar Treppen runter - langsam gehen kam für Jo nicht infrage, sie rannte eigentlich immer - und durchquerten einen Saal, zwei Stockwerke hoch, mit riesigen Milchglasfenstern, die an diesem grauen Winternachmittag nur trübes Licht hereinließen. Alles war vollgestellt mit Kulissen, manche reichten bis zur Decke. Dann ging es eine schmale Eisentreppe rauf, Jo öffnete eine Tür, von der der Lack abblätterte, einen Augenblick standen wir in vollkommener Finsternis, dann fand sie den Lichtschalter. Wir waren in der Kostümkammer. Jo ging an den Kleiderstangen entlang und strich zärtlich über die angestaubten Roben.
„So viele Rollen, so viele Möglichkeiten, jemand anders zu sein!" Sie zog ein Barock-Kostüm heraus und hielt es vor sich hin. „Wenn ich so ein Kleid anziehe, dann habe ich eine andere Geschichte, als steckte die Person in dem Stoff drin. Kleider können einen verwandeln – das hier mag ich aber nicht besonders."
Sie stopfte Rüschen und Puffärmel wieder zwischen die anderen Kostüme und suchte die Reihen ab. „Das ist besser!" Triumphierend hielt sie einen ledernen Jagdanzug hoch, ein Hut mit Feder hing daran. „Könnte passen."
Sie verzog sich in eine Ecke und fing an, sich umzuziehen.
„Und wenn jemand kommt?"

„Hier kommt nur die Kostümbildnerin rein, wenn ein neues Stück ausgestattet wird, und schaut nach, was sie verwenden kann. Nimm einfach, was dir gefällt!"
Die Sachen waren nach Stücken geordnet, Männer und Frauenkleider durcheinander, ab und zu wechselten die Epochen. Die Gegenwart reizte mich nicht besonders, lieber wollte ich in eine andere Zeit eintauchen. Dann fand ich ein Kleidungsstück, das sich nicht zuordnen ließ. Es bestand aus vielen bunten, teilweise zerschlissenen Stofflappen, die übereinander genäht waren, als hätte jemand die Reste vom Boden der Schneiderwerkstatt aufgelesen und versucht, irgendwas daraus zu machen. Es passte, als wäre es für mich angefertigt worden. Vor dem Spiegel sah ich die Verwandlung, sah sie nicht nur, sondern spürte sie auch. Ich war nicht mehr Sophie, in diesem Kleid fühlte und bewegte ich mich anders.
„Das ist gut! Keine Ahnung, zu welchem Stück es gehört." Jo musterte mich kritisch. Irgendwas gefiel ihr noch nicht. „Du brauchst andere Haare!" Sie kletterte auf eine Trittleiter und wühlte in den Sachen, die wild durcheinander auf einem Regalbrett über den Kostümstangen lagen. „Das ist es!" Sie stülpte mir eine zerzauste fuchsrote Perücke auf den Kopf. Jetzt war die Verwandlung perfekt. „Komm, wir spielen aus dem Stegreif!"
Jos Phantasie war unerschöpflich. Die Handlung ihrer Stücke war immer völlig überzogen und endete meistens für eine von uns tödlich. Liebesgeschichten interessierten sie nicht. Wir kamen nun regelmäßig, liehen uns Kostüme aus und spielten den ganzen Nachmittag. Mit der Zeit wurden wir mutiger. Ein paar Ma trauten wir uns sogar auf die Bühne.
„Setz dich in die erste Reihe, ich will dir was vorspielen!"
Ich wartete im dunklen Zuschauerraum. Nach endlos langer Zeit ging der Vorhang auf. Eine Gestalt löste sich aus dem Schatten am Ende des Bühnenraums und kam

langsam nach vorn. Wenn ich nicht gewusst hätte, dass es Jo war, hätte ich sie nicht erkannt. Sie trug einen antiken Helm, der den größten Teil ihres Gesichts verdeckte, eine helle Tunika, um die Taille einen ledernen Gürtel, darin steckte ein Dolch. Dann begann sie zu sprechen. Aus dem Helm heraus klang ihre Stimme hohl und wie von fern. Viel bekam ich nicht mit, sie sprach leise und monoton, und wenn ich mal einen Satz aufschnappte, begriff ich nicht, worum es ging:

So war es ein Versehen. Küsse. Bisse,
Das reimt sich, und wer recht von Herzen liebt,
kann schon das eine für das andre greifen.

Was sollte das denn? Ich verstand nur Bahnhof. Plötzlich zog sie den Dolch aus ihrem Gürtel und stach ihn sich in die Brust. Es sah echt überzeugend aus. Die Tunika färbte sich rot, sie schwankte, drehte sich in Zeitlupe einmal um sich selbst, starrte erstaunt ins Leere, während sie den Dolch mit beiden Händen umklammert hielt, fiel zu Boden und bleib liegen. Ich fand das Ganze ziemlich abgedreht, was sie da auf der Bühne trieb, und gleichzeitig unheimlich komisch. Ich wusste nicht, wie ich reagieren sollte, unterdrückte den Lachreiz und versuchte zu applaudieren, während ich krampfhaft in mich reingluckste. Mein einsames Geklatsche klang komisch in dem leeren Raum. Ich wartete darauf, dass Jo endlich aufstand, sich vor mir verbeugte oder selbst einen Lachanfall bekam oder irgendwas tat, aber sie lag nur da und rührte sich nicht.
„Es war toll, Jo! Ich lach mich fast tot! Komm jetzt, bevor sie uns erwischen." Ich ging nach vorn an die Rampe. Jo lag ein paar Meter entfernt und drehte mir den Rücken zu. Aus ihrem Kleid rann Blut, Theaterblut, klar.

„Jo, es reicht jetzt, ich will nach Hause." Ich kletterte auf die Bühne und fasste sie an der Schulter. „Komm, verarsch mich nicht!"
Ich schüttelte sie, da drehte sich ihr Körper auf den Rücken, ihr Gesicht war totenbleich, der Dolch steckte tief in ihrer Brust, ein riesiger Blutfleck drumherum.
„Jo", schrie ich, „Scheiße, was ist los!"
Ein breites Grinsen erschien auf ihrem Gesicht, sie zog die Klinge raus, die unter ihrer Achsel klemmte, sprang auf und hielt sich den Bauch vor Lachen. Ich fand es überhaupt nicht komisch, sie hatte mir einen Riesenschreck eingejagt, und ich war wütend auf mich selbst, dass ich mich so grandios von ihr hatte verarschen lassen. Dann stand plötzlich der Hausmeister vor uns.
„Seid ihr nicht ganz bei Trost?" schrie er, „morgen früh ist Generalprobe, ihr habt die ganze Bühne versaut, wer soll das Blut hier wegkriegen?" Er tobte. Jo lief mit wehender Tunika hinter die Bühne und kam mit Besen und Putzeimer zurück. Wir schrubbten und räumten auf, sicher zwei Stunden lang, bis alles wieder so aussah wie vorher.
Von da an spielten wir bei Jo zuhause. Dort hatten wir zwar nicht viel Platz und weder Kostüme noch Kulissen, dafür aber unsere Ruhe. Statt nur zu improvisieren, schlug Jo jetzt vor, Szenen aus Theaterstücken einzuüben. Sie kopierte die Texte in der Schulbibliothek und wir einigten uns auf unsere Rollen. Von da an übte ich abends in meinem Zimmer so laut meinen Text, dass meine Mutter ab und zu reinkam und fragte, ob es mir gut gehe.
Einmal kam Jos Mutter zufällig dazu, als wir mitten im Spiel waren. In der Szene, die grade dran war, fehlte uns jemand für die dritte Rolle. Marta warf Tasche und Mantel in die Ecke und sprang ein. Anfangs fürchtete ich, die beiden würden wie immer aneinandergeraten, aber Marta befolgte brav die Regieanweisungen ihrer Tochter, ließ es sich gefallen, wenn Jo ihre Aussprache

korrigierte und sie unterbrach, wenn sie den Text nicht richtig im Kopf hatte. Als Jo und mir schließlich der Text ausging, schauten wir zusammen ins Buch, während Marta ihre Rolle auswendig weiter spielte und ein paar andere dazu.
Solche harmonischen Augenblicke waren zwischen den beiden die Ausnahme. Sie konnten sich schrecklich in die Haare kriegen, ohne dass ich die geringste Ahnung hatte, worum es eigentlich ging. Manchmal rasteten sie völlig aus, schrien sie sich an, warfen sich die schlimmsten Dinge an den Kopf (manchmal auch Gegenstände), um sich dann genauso schnell wieder zu vertragen. Das war der Moment, in dem ich mich ohne Abschied verdrückte. Sie merkten nicht mal, wenn ich die Tür hinter mir zuzog, sie schienen vergessen zu haben, dass ich existierte.

Wenn es heiß war, hingen wir oft stundenlang am Fluss rum, lasen, hörten Musik vom Kassettenrekorder, lagen in der Sonne oder schauten einfach nur ins Wasser, ohne zu reden und wenn wir es schafften auch ohne irgendwas zu denken. Ab und zu nahm ich Margo mit. Jo mochte eigentlich keine Hunde, sie interessierten sie einfach nicht besonders, aber mit Margo freundete sie sich an. Der Hund liebte sie geradezu, sprang an ihr hoch, wenn wir uns trafen, leckte ihr übers Gesicht und grinste sie schwanzwedelnd mit angelegten Ohren an. Es kam mir fast so vor, als wollte Margo lieber Jos Hund sein als meiner, und ich war ein bisschen eifersüchtig. Manchmal streunten wir den ganzen Nachmittag durch die Stadt, blieben im Buchladen hängen oder stöberten in Kaufhäusern nach irgendwelchen Kleinigkeiten, die uns gefielen. Ich bezahlte immer, Jo steckte oft einfach etwas ein. Einmal wurde sie dabei erwischt und schaffte es tatsächlich, sich rauszureden, keine Ahnung wie. Wenn wir keine Lust auf Shopping hatten, dachten wir uns Rollen aus und spielten den Leuten, die uns begegneten, irgendwas vor, zum Beispiel ein Pärchen, das sich streitet, oder zickige Mädels auf Einkaufstour. Jo war dabei so penetrant, dass die Leute meistens irgendwie reagierten und dann umgehend eine patzige Antwort von ihr bekamen. Ein Spiel, das sie besonders liebte: wir setzten wir uns an eine Straßenecke, Margo lag auf einer Decke neben uns und schaute die Vorbeigehenden bettelnd von unten an, als wüsste sie genau, was ihre Rolle war. Wir warteten, bis uns jemand eine Münze zuwarf, dann sprang Jo auf und gab sie dem verdutzten Spender zurück. „Danke, wir sind keine Penner, wir ruhen uns nur aus!"

Auf Messers Schneide

„Ach du bist es, ich hatte dich ganz vergessen." Jo wirkte durcheinander, sie ließ mich stehen und verschwand im Schlafzimmer ihrer Mutter. „Komm ruhig rein", rief sie von dort, und ich folgte zögernd. Marta lag im Bett, blass und verschwitzt, sie lächelte mir schwach aus dem Kissen heraus zu.

„Sie hat hohes Fieber, aber sie will nicht, dass ich einen Arzt hole", erklärte mir Jo, die am Fußende des Bettes saß und ihrer Mutter Wadenwickel machte. „Ach was, wozu einen Arzt. Das ist bloß eine Grippe, in ein paar Tagen steh ich wieder auf der Bühne. Danke, Liebling, die kalten Wickel tun unglaublich gut. Aber jetzt geht raus und lasst mich schlafen."

Sie zog die Decke unters Kinn und drehte sich zur Wand.

„Sie ist so unvernünftig", beklagte sich Jo, als wir draußen waren. „Heute kam sie von der Probe und wäre beinahe umgekippt, so schwach war sie auf den Beinen. Aber bloß keinen Arzt rufen! Sie legte sich ins Bett und schickte mich zur Apotheke, ich solle irgendwas besorgen, was man gegen Grippe oh- ne Rezept bekommen kann. Ich hab auch eine Suppe gekocht, Hühnerbrühe, soll gut sein gegen Fieber. Willst du eine Tasse?" Ich probierte die Suppe, sie schmeckte wirklich gut. „Ich wusste gar nicht, dass du kochen kannst!" Sonst aßen wir immer nur Pizza oder Chips, wenn wir zusammen waren. Jo war wie verwandelt, sie sorgte sich ernsthaft um ihre Mutter. Zugleich genoss sie es offensichtlich, Marta zu bemuttern. Sie nahm ihre Rolle als Krankenpflegerin sehr ernst. Marta musste eine Woche das Bett hüten, und für diese Zeit fielen alle unsere gemeinsamen Unternehmungen flach.

Und dann, nur ein paar Wochen später, passierte etwas wirklich Schlimmes. Marta hatte Geburtstag, und wir wollten für sie kochen. Es sollte eine Überraschung werden, sie würde erst abends von der Probe kommen. Wir trafen uns in der Stadt, blätterten in einer Buchhandlung Kochbücher durch, zerbrachen uns die Köpfe über die Speisenfolge und kauften wir eine Menge ein, zuletzt konnten wir die Tüten kaum schleppen. Als die Lebensmittel dann auf dem Küchentisch lagen, verließ uns der Mut. Wie sollte aus all dem bloß ein Gourmet-Menü werden? Von den Kochbüchern hatten wir keines gekauft, sie waren uns zu teuer gewesen, also waren wir auf Jos fast unleserliche Notizen angewiesen, die sie in der Buchhandlung gemacht hatte. Es klappte aber ganz gut. Alles wurde rechtzeitig fertig, die Vorspeisenteller standen auf dem Tisch und der Hauptgang war vorbereitet, nur Marta ließ auf sich warten. Wir entkorkten schon mal eine Flasche, und während wir miteinander anstießen, fiel mir auf, dass ich nie auf die Idee gekommen wäre, für meine Mutter zum Geburtstag ein Menü zu kochen, schon garnicht zusammen mit Jo. Während ich am Glas nippte, war mir plötzlich zum Heulen. Ich nahm mir vor, zu ihrem nächsten Geburtstag etwas Besonderes zu machen, irgendwas, ich hatte noch keine Ahnung, aber es würde mir schon etwas einfallen.

Dann kam Jos Mutter, und wir sahen sofort, dass sie schlechte Laune hatte. Sie zog ihren Mantel aus, warf ihn in eine Ecke, langte eine Packung Zigaretten aus der Küchenschublade und steckte sich eine an. „Ach Kinder, ihr habt ja Essen gemacht, lieb von euch, aber ich hab überhaupt keinen Appetit."
„Trink erst mal einen Schluck Wein!" Jo und reichte ihr ein Glas. Marta nahm es und trank es in einem Zug aus. Dann drückte sie die nur halb gerauchte Zigarette in den Aschenbecher und setzte sich zu uns an den Tisch. Sie sah wirklich fertig aus, ich fand sie an diesem Abend

überhaupt nicht hübsch, ihr Charme, ihre Ausstrahlung waren gänzlich verschwunden.

„Ich hatte einen schlimmen Tag, bitte entschuldigt, wenn ich nicht gut drauf bin."

„Herzlichen Glückwunsch zum Geburtstag", sagte Jo und prostete ihrer Mutter zu.

„Ja, alles Gute zum Geburtstag", echote ich und kam mir bescheuert vor. Marta aß ein paar Bissen von ihrem Vorspeiseteller, wir trauten uns nicht, den nächsten Gang zu bringen. Aber es war alles vorbereitet, wir konnten ja nicht das schöne Essen in den Müll werfen. Schweigend stocherten wir in den liebevoll angerichteten Tellern rum. Jo und mir war auch der Appetit vergangen. Vor dem Nachtisch platzte Jo dann endgültig der Kragen. „Was ist los mit dir, haben sie dir die Hauptrolle weggenommen? Oder hat mal wieder ein Lover genug von dir?"

Marta warf ihr Besteck auf den Teller und schrie: „Du bist grausam, absolut gefühllos! Was hab ich dir getan, dass du mich so hasst? Du denkst nur an dich, wie es mir geht ist dir ganz egal! Du hast ja keine Ahnung, wie es ist, wenn man verletzt wird!"

Jo sah ihre Mutter an und lächelte. Einen Moment lang glaubte ich, es sei wieder eines von den Scheingefechten und sie würden sich gleich heulend in die Arme fallen. Jo war ruhig, unheimlich ruhig. Sie nahm das Brotmesser vom Tisch, ich dachte, sie wolle sich ein Stück von dem frischen Baguette abschneiden, das wir besorgt hatten, weil Marta es so gerne aß. Sie legte die Klinge in ihre linke Hand und schloss die Finger darum. Dann zog sie das Messer mit einer blitzschnellen Bewegung durch ihre Faust, während sie ihrer Mutter lächelnd in die Augen sah. Blut lief auf die weiße Tischdecke, ein dunkelroter Fleck breitete sich aus, wie damals auf der Bühne, aber dieses Mal war es echt, kein Theaterblut. Marta sprang auf und begann hysterisch zu schreien, als wäre sie selbst verletzt und nicht ihre

Tochter. Ich starrte abwechselnd auf Jos blutenden Hand und in ihr Gesicht, sie war blass wie ein Bettlaken, ließ das Messer fallen und schien selbst nicht zu glauben, was sie gerade gemacht hatte. Ich stand auf, nahm ein frisches Küchentuch aus dem Schrank, wickelte es um Jos Hand, und dabei wurde ich plötzlich ganz ruhig. „Du musst fest draufdrücken, damit es aufhört zu bluten", sagte ich zu Jo, „wir fahren sofort zur Klinik, der Schnitt muss genäht werden!"

„Meine Freundin hat sich beim Brotschneiden verletzt," erklärte ich dem Arzt in der Ambulanz, „ich glaube, sie hat einen Schock." Er schälte Johannas Hand aus dem blutdurchtränkten Tuch und sah sich den Schnitt an. Jo war immer noch ziemlich blass, aber sie hatte sich wieder gefasst und zwinkerte mir zu. „Na, da haben Sie ja kräftig zugeschnitten! Bewegen Sie mal die Finger." Gehorsam wackelte Jo mit allen fünf Fingern und verzog dabei das Gesicht. „Sie haben Glück, es ist keine Sehne verletzt, nur eine Fleischwunde. Da bleibt nichts zurück außer einer Narbe als Erinnerung. Es muss natürlich genäht werden." Ich wartete draußen, bis Jo fertig war. Marta ging im Flur auf und ab und rauchte eine Zigarette nach der anderen. Einmal blieb sie vor mir stehen und sah mich an. „Warum macht sie so was? Warum tut sie mir das an? Kannst du es mir sagen?" Ihre Stimme klang wütend und verzweifelt. Ich wusste nicht, was ich darauf antworten sollte, zuckte nur mit den Schultern. Als Jo endlich mit einem dicken Verband um die Hand aus dem Behandlungsraum kam, umarmte ich sie vorsichtig. „Deine Mutter ist ziemlich fertig", flüsterte ich ihr in's Ohr, „könnt ihr mal ausnahmsweise vernünftig miteinander reden?" Dann ließ ich die beiden allein und fuhr nach Hause.

Russisches Roulette

Eines Morgens kam Jo mit kurz geschnittenen Haaren ins Klassenzimmer. Sie ging den Mittelgang entlang, ohne auf das Gekicher zu reagieren, mit dem ihre ungewöhnliche Frisur kommentiert wurde, knallte ihre Tasche auf den Tisch, warf mir unter ihrem seltsamen Pony einen unsicheren und zugleich auftrumpfenden Blick zu und ließ sich auf ihren Stuhl fallen. „Was ist passiert?", fragte ich beiläufig. „Nichts. Die Schere hat verrückt gespielt. Kommt schon mal vor." Damit war das Thema gegessen.

Am liebsten hätte ich geheult. Ihre wunderschönen Haare, die lange schwarze Mähne, um die ich sie glühend beneidet hatte! Ich sah es vor mir, wie sie vor dem Spiegel in einem Wutanfall mit der Schere darin rumwütete. Irgendwas musste passiert sein, aber ich traute mich nicht, sie zu fragen. Ein paar Wochen lang blieb Jo verschlossen und schweigsam. Sie schien mir dankbar zu sein, dass ich nicht nachfragte und so tat, als wäre nichts gewesen. Während ihre Haare nachwuchsen, taute sie allmählich wieder auf. Aber sie ließ sie nicht mehr so lang werden wie vorher, sondern schnitt sie immer wieder nach. Die neue Frisur veränderte Jo. Sie wurde jetzt oft für einen Jungen gehalten, was ihr anscheinend gefiel, denn sie legte sich einen betont schlaksigen Gang zu und ließ ihre Stimme ein bisschen tiefer klingen.

Und dann brachte sie irgendwann diese Pistole an. Keine Ahnung, wo sie die her hatte, sie ließ nichts raus. Morgens in der Schule tat sie geheimnisvoll, verabredete sich mit mir am Wildpark, wollte unbedingt in den Wald, um mir was zu zeigen. Wir gingen bis zu unserem Platz, dort holte sie drei Blechdosen aus ihrem Rucksack und verteilte sie auf unterschiedlich weit entfernte Baumstümpfe. Dann hatte sie plötzlich die

Waffe in der Hand, legte an und schoss zielsicher eine Dose weg.

„Na, was sagst du?", rief sie triumphierend und gab mir das Ding in die Hand, beinahe hätte ich es fallen lassen, so erschrocken war ich. „Ziel auf diese hier", sie zeigte auf die am nächsten stehende Dose, „das ist einfach." Wie immer gehorchte ich, legte an und schoss natürlich vorbei.

„Hab ich nicht anders erwartet. Schießen ist nichts für dich. Aber ich würde es gern richtig lernen. Vielleicht gehe ich in einen Schützenverein."

„Die lassen dich gar nicht erst rein, wenn sie rauskriegen, dass du mit geklauten Pistolen im Wald rumballerst!"

„Wieso geklaut? Ach, was weißt du schon!" Sie nahm mir die Waffe aus der Hand, schoss die beiden restlichen Dosen von ihren Plätzen und setzte sich dann den Lauf an Schläfe. „Ich drück jetzt ab", sagte sie und grinste. „Lass den Schwachsinn!" Ich tat einen Schritt auf sie zu, in diesem Moment drückte sie wirklich ab. Nichts passierte. „Das Magazin ist leer!", lachte sie, hielt die Pistole in die Luft und drückte noch mal ab. Ein Schuss löste sich. Jo wurde blass. Sie ließ die Waffe in ihrem Rucksack verschwinden. Manchmal hielt ich Jo wirklich für verrückt! Sie konnte einfach nichts Normales machen, in allem war sie extrem, so als hätte sie Angst, nicht wirklich zu existieren, wenn sie nicht dauernd auffiel und provozierte. In solchen Momenten war sie mir unheimlich, weil sie irgendwie abdriftete, in eine Welt, zu der ich keinen Zugang hatte. Das kam nicht oft vor, aber es zog mir jedes Mal den Boden unter den Füßen weg. Und dann, am nächsten Tag, wenn sie neben mir in unserer Bank saß, mich in die Seite boxte, als wär nichts gewesen, und irgendwas Nettes zu mir sagte, war sie wieder ganz die Alte, meine beste Freundin Jo.

Premiere

„Ich habe die Hauptrolle bekommen!" Seit der Haar-Schneide-Aktion hatte ich Jo nicht mehr so ausgelassen erlebt. „Hatten wir was auf? Ich musste gestern den ganzen Nachmittag vorsprechen."
Jo bekam manchmal kleine Rollen in den Stücken, in denen ihre Mutter mitspielte, dann kam sie morgens mit Ringen unter den Augen zur Schule und schlief in der ersten Stunde regelmäßig ein. Meine Aufgabe war es dann, sie zu wecken, sobald der Blick des Lehrers sich in unsere letzte Bank verirrte. Sie hatte mehr Talent als ihre Mutter, das war unübersehbar, wenn die beiden zusammen auf der Bühne standen. Allen war klar, dass Jo eine Karriere als Schauspielerin vor sich hatte. Es war immer ihr Traum gewesen, eine große Rolle zu bekommen, und jetzt war es endlich so weit. Ich freute mich für sie und war genauso aufgeregt wie sie! Und besonders cool fand sie, dass sie einen Jungen spielen sollte. „Ich sehe ja sowieso aus wie ein Junge, deshalb hatte der Regisseur kein Problem, mir die Rolle zu geben", sprudelte es aus ihr heraus, während unser Mathelehrer reinkam, was sie garnicht bemerkte.

Von nun an hatte Jo nur noch wenig Zeit für die Schule. Ich erledigte für sie die Hausaufgaben und gab ihr alle Infos, die sie brauchte, damit nicht allzu sehr auffiel, dass sie nicht vorbereitet war. Auch bei den Klassenarbeiten half ich ihr, so gut es ging. Ansonsten war ich, wann immer möglich, bei den Proben dabei. Ich hatte Jo noch nie wirklich spielen sehen. Unsere Sachen im Theater und bei Jo zuhause waren ja im Grunde nur Kindereien gewesen. Zum ersten Mal begriff ich, dass sie Talent hatte. Wenn sie spielte, vergaß ich, dass sie Jo war, ich vergaß, dass sie ein Mädchen war und dass sie meine Freundin war, ich sah nur die Person, die sie verkörperte, Jo verschwand geradezu darin, oder vielleicht hatte sie schon immer in ihr gesteckt und kam nun endlich heraus.

Irgendwann sprach es sich in der Schule herum, dass Jo eine Hauptrolle hatte. Fröhlich besorgte für uns alle Karten für die Premiere. Auch meine Eltern überredete ich mitzukommen. Fröhlich hatte die beiden ersten Reihen für unsere Schule reservieren lassen, und irgendwie waren wir alle aufgeregt und redeten wild durcheinander, während wir darauf warteten, dass der Vorhang aufging. Als es dann endlich so weit war, und ich Jo auf der Bühne sah, alle Blicke auf sie gerichtet, kamen mir fast die Tränen. Sie stand dort und spielte so selbstverständlich, als hätte sie nie etwas anderes gemacht, als wäre sie eine ausgebildete Schauspielerin mit Bühnenerfahrung. Ich kannte das Stück so ziemlich auswendig, sie hätten mich als Souffleuse einstellen können, und irgendwann merkte ich, Jo machte etwas Neues aus dieser Figur. Sie flocht Sätze ein, die nicht im Text standen und ließ andere weg, sie machte was sie wollte, aber es war vollkommen überzeugend, sie spielte wie im Rausch, so als käme sie aus einer anderen Welt. Die anderen Schauspieler ließen sich auf ihr Spiel ein, es blieb ihnen gar nichts anderes übrig, wenn die Premiere nicht grandios Schiffbruch erleiden sollte. Ich fragte mich nur die ganze Zeit, ob Jo das alles so geplant und vorher allein für sich geprobt hatte, oder ob es einer spontanen Stimmung entsprang. Das traute ich ihr zu, sie konnte improvisieren, das hatte ich ja oft genug erlebt. Im Grunde, dachte ich, war sie eine Kamikaze-Schauspielerin. Nach der Pause ging es auf die gleiche Art weiter. Sie ließen Jo einfach machen, und die Aufführung kam ja auch gut beim Publikum an. Es gab viel Gelächter und Szenenbeifall, und als der Vorhang fiel, nahm der Applaus gar kein Ende. Unsere Klasse johlte und trampelte, wir klatschten wie verrückt und riefen immer wieder Jo auf die Bühne. Sie stand fast ein bisschen hilflos dort oben, verbeugte sich wie eine Marionette, an deren Fäden gezerrt wird, und ließ den Beifall wie eine Welle über sich hinwegrauschen.

Es war Jos Abend, die anderen Schauspieler waren vergessen, und als der Beifall allmählich abflaute und die Leute anfingen, aufzustehen und hinauszugehen, trat Sven an die Rampe und überreichte Jo einen Blumenstrauß von Herrn Fröhlich und der ganzen Klasse. Sie tauchte ihr Gesicht in die Blüten, dann schwenkte sie den Strauß wie eine Trophäe über ihrem Kopf und verschwand hinter der Bühne.

Sushi

„Klar komme ich mit, super!" Meine Antwort war ein paar Sekundenbruchteile schneller als meine Bedenken. Jo hatte mich gefragt, ob ich Lust hätte, mit ihr nach Düsseldorf zu fahren und Miriam zu besuchen, die Freundin ihrer Mutter, mit der sie zusammen gewohnt hatten. Während ich im Bus saß, versuchte ich, mir vorzustellen, was meine Eltern sagen würden, wenn ich sie fragte, und was ich vorbringen könnte, um sie zu überzeugen. Die Museen und Sehenswürdigkeiten? Eine Klassiker-Aufführung am Theater mit Miriam in der Hauptrolle? Ein Kö-Bummel, bei dem ich aktuelle Mode-Infos sammeln konnte? Mir fiel nichts wirklich Überzeugendes ein. Mein Vater hätte mich vielleicht gehen lassen, aber bei meiner Mutter würde ich garantiert auf Beton stoßen. Also was tun? Das einzige, was ich wusste, und zwar hundertprozentig: ich würde mit Jo fahren, unter allen Umständen!
Beim Mittagessen herrschte dicke Luft, anscheinend hatten meine Eltern sich gestritten. Ich matschte mit der Gabel in Pellkartoffeln mit Kräuterquark rum, eines meiner Lieblingsessen, aber ich hatte keinen Appetit. Die Angst, morgen vielleicht doch nicht mit Jo im Zug sitzen zu können, und die Angst davor, morgen vielleicht wirklich mit Jo im Zug zu sitzen, schnürten mir abwechselnd den Hals zu. Ich ließ meinen Vater vom Tisch aufstehen und fortgehen, ohne den Mund aufzukriegen. Ohne ihn war die Sache sowieso aussichtslos. Nach dem Essen half ich meiner Mutter in der Küche und überlegte fieberhaft, wie ich es anstellen könnte, sie so zu fragen, dass sie nicht sofort nein sagen würde, aber es fiel mir einfach nichts ein. „Geh ruhig schon in dein Zimmer," sagte sie und nahm mir die Teller aus der Hand, „du musst sicher noch was lernen für morgen."
Freitags hatten wir in den letzten beiden Stunden Sport. Am Abend packte ich wie immer meine Tasche, aber

statt Turnklamotten legte ich Unterwäsche, eine Jeans zum Wechseln, zwei T-Shirts und einen Pullover hinein. Mein Waschzeug ließ ich im Bad stehen, damit meine Mutter es morgen nicht gleich vermissen würde. Zahnbürste und Duschgel konnte ich unterwegs kaufen. Dann nahm ich einen Teil des Geldes, das ich im Tierpark verdient hatte, aus der Holzkiste hinter einem Stapel Pullis und steckte es in die Seitentasche.
Als ich mit Jo im Abteil saß, dachte ich nicht an meine Eltern, sondern an Margo. Sie hatte an meiner Sporttasche geschnüffelt, als ich mich von ihr verabschiedete, und mich angeschaut, als wüsste sie genau, was ich vorhatte. Kein Spaziergang, keine extra-Streicheleinheiten vorm Schlafengehen, kein aus dem Kühlschrank geklautes Stück Wurst, das ich ihr heimlich gab. Ich hatte ein schlechtes Gewissen, sie übers Wochenende im Stich zu lassen. Der Zug fuhr an, das schlichtweg Undenkbare geschah, ich fuhr weg, auf eigene Faust, ohne Wissen und Einverständnis meiner Eltern! Wir hingen am Fenster, sahen zu, wie die letzten Häuser der Stadt verschwanden. Dann endlich freie Sicht! „Aufgeregt?" „Und wie!" „Ich hätte gewettet, deine Eltern erlauben nicht, dass du mitfährst." „Haben sie auch nicht. „Soll das heißen, du hast sie garnicht erst gefragt? Du bist einfach abgehauen?" Ich nickte kleinlaut, überrascht von ihrem strengen Ton. „Das glaub ich einfach nicht! Was denkst du, wird passieren? Sie werden dich als vermisst melden, die Polizei einschalten, es wird ein Riesentheater geben, und am Schluss bleibt alles an mir hängen – am nächsten Bahnhof steigen wir aus, du rufst zuhause an und sagst deinen Eltern Bescheid!"
Eine Zeitlang herrschte Funkstille zwischen uns. Jos Gesicht hatte sich verfinstert, sie starrte schweigend aus dem Fenster. Ich war wütend auf sie. Warum reagierte sie so, spielte sich als Erzieherin auf, wo sie selbst sich doch alles erlaubte? Aber sie hatte ja recht, meine Eltern

würden durchdrehen, wenn ich bis abends nicht zuhause erschien, und sie würden Jo die Schuld geben. Am Ende ließen sie mich nie mehr mit ihr zusammen sein – plötzlich bekam ich Angst! Angst, dass wir getrennt werden könnten, Angst, Jo könnte sich von mir abwenden, nicht mehr meine Freundin sein wollen. „Tut mir Leid, Jo", durchbrach ich das Schweigen. „Ich glaube, ich hab nicht richtig drüber nachgedacht. Meine Eltern hätten es niemals erlaubt, wenn ich sie gefragt hätte, vor allem nicht meine Mutter – und ich wollte unbedingt mit dir mitfahren, egal, wie ich es anstelle. Irgendwie hatte ich hatte das Gefühl, mein Leben hängt davon ab!" Jo grinste. „Ist schon in Ordnung. Ich freu mich ja, dass du dabei bist, allein hätte ich sowieso keine Lust gehabt zu fahren, und auch nicht mit irgendeiner blöden Tussi, die sich nur neben mir aufspielen will. Aber du musst auf jeden Fall anrufen, sonst wird unser kleiner Ausflug zur Katastrophe!" Am nächsten Bahnhof hatte der Zug ein paar Minuten Aufenthalt. Wir ließen unser Gepäck im Abteil und spurteten zur Telefonzelle. Während ich die Nummer tippte, machte Johanna neben mir Grimassen, wischte sich nicht vorhandenen Schweiß von der Stirn, lehnte heulen den Kopf gegen die Scheibe, kniete vor dem Telefonkasten nieder und bettelte um Gnade, sprang dann plötzlich auf, um ein paar erstaunte Passanten niederzuballern – ich machte mir fast in die Hose vor Lachen - und hatte plötzlich meinen Vater am Apparat. „Warum hast du uns nicht gefragt?", war das einzige, was er sagte, als ich ihm erzählt hatte, wo ich mich grade aufhielt. „Hättet ihr es denn erlaubt?" „Warte, deine Mutter will dich sprechen." „Tut mir leid, Papa, der Zug fährt gleich weiter, grüß sie von mir, ich melde mich, wenn wir angekommen sind!" „Gut gemacht", kommentierte Jo das ultrakurze Gespräch, „jetzt ist alles o.k. Ich glaube, wir sollten uns beeilen!" Wir schafften es grade noch in den Wagen. Im Abteil ließen wir uns in die Sitze fallen und fingen an zu lachen, bis uns die Bäuche weh taten und die Tränen aus den Augen liefen und die anderen Fahrgäste im Abteil uns vorwurfsvoll ansahen.

Am frühen Abend kamen wir in Düsseldorf an. Miriam wartete am Bahnsteig. Jo lief auf sie zu und fiel ihr um den Hals, ihre Schultern zuckten verdächtig. „Na, na, Mädchen, ist ja gut!" Miriam hielt sie fest und strich ihr über die Haare, bis das Zucken aufhörte. Sie war unscheinbar, eine Frau Ende Dreißig, nicht groß, sehr schlank, nicht besonders hübsch, jedenfalls verglichen mit Jos Mutter, mit halblangen mittelblonden Haaren. Sie war mir sofort sympathisch. Als Jo sich beruhigt hatte, schob Miriam sie sanft von sich weg, sah ihr ins Gesicht und wuschelte in ihren kurzen Haaren. „Gut siehst du aus, wie ein hübscher Junge, ich könnte mich glatt in dich verlieben!" Jo lachte verlegen und wurde rot (das kannte ich noch nicht an ihr!). „Ich hatte die Matte Leid, die mir in die Augen hing. So sieht man klarer!"

„Ist das deine Freundin, von der du erzählt hast?" Miriam wandte sich mir zu, und jetzt wurde ich verlegen. „Ja, das ist Sophie, meine beste Freundin! Ohne sie würde ich es gar nicht aushalten in dem blöden Kaff, in das wir gezogen sind!" Ich war völlig platt und überglücklich, dass sie so von mir sprach, sonst war sie ja eher sparsam mit Nettigkeiten. Jo zog mich zu sich und legte den Arm um meine Schulter. Ich gab Miriam die Hand. Der feste Druck ihrer warmen, schmalen Hand flößte mir Vertrauen ein. Ihr Wagen stand auf dem Parkplatz, sie verstaute unsere Taschen im Kofferraum, und wir fuhren los.

„Wohnst du nicht mehr in unserer alten Wohnung?", fragte Jo, als wir von der Hauptstraße abbogen. „Es war mir dort zu laut geworden, ich brauche Ruhe, wenn ich meine Rollen lerne. Außerdem kann ich mir jetzt das Zoo-Viertel leisten!" Sie grinste und zwinkerte Jo zu. Wir hielten vor einem modernen Haus direkt am Park.

„Ganz oben, Penthouse!" Jo drückte den obersten Knopf im Fahrstuhl, der uns schnell und lautlos zum vierten Stock trug. Miriams Wohnung war riesengroß, modern und sparsam eingerichtet, ein paar große Bilder an den Wänden, ein langer Esstisch aus massivem Holz mit vielen Stühlen. Vor der Fensterfront lag eine große, mit Blumenkübeln vollgestellte Terrasse, dahinter ragten Baumkronen empor. „Super!" Jo war beeindruckt. „Geht ruhig raus, ich richte uns was zu Essen." Jo zog die Glasschiebetür auf, wir schauten in den Park runter. Jo seufzte. „Hier kann man leben!" Ich war ein bisschen beleidigt, dass sie meine Heimatstadt so verachtete. Aber verglichen mit dem hier war es dort wirklich schrecklich eng und spießig.

Nach einer Weile rief Miriam uns rein, und als Jo sah, was auf dem Tisch stand, stieß sie einen Freudenschrei aus. „Ich dachte mir, dass du es vielleicht vermisst hast. Ist leider nicht selbst gemacht, dazu hatte ich keine Zeit, ich hab es bei meinem Lieblingsjapaner geholt."

„Sushi! Ich liebe es!" Jo tanzte um den Tisch rum und sagte die japanischen Namen der verschiedenen Gerichte auf. Ich starrte ratlos auf die seltsamen Dinge, die auf polierten Holzbrettern sorgfältig angeordnet lagen, es sah eigentlich nicht besonders essbar aus, eher wie Figuren eines unbekannten Brettspieles. „Verschiedene Sorten roher Fisch mit gesäuertem Reis", dozierte Jo, „Thunfisch, Lachs, Tintenfisch, Makrele." Ich kam mir mal wieder schrecklich provinziell und unwissend vor.

„Du tust ja grade so, als hättest du das Sushi erfunden", lachte Miriam und erklärte mir, wie man die Dinger essen muss. Elegant packte sie eines davon mit ihren Stäbchen, tunkte es in ein Schälchen mit dunkler Sauce und steckte es in den Mund. „Du kannst es aber auch mit den Fingern essen," sagte sie mit vollen Backen. Ich war erleichtert, denn mit den Stäbchen hätte ich es sicher nicht geschafft, auch nur ein einziges Sushi unfallfrei in den Mund zu kriegen. Dazu gab es grünen Tee

und heißen Sake, der harmlos schmeckte und bewirkte, dass ich mich immer wohler fühlte. Jo wurde ebenfalls fröhlich und strahlte abwechselnd mich und Miriam an, während sie kaute und zwischendurch kleine Schlucke aus dem Sake-Becher nahm.
„Ich wär so gern bei dir geblieben", sagte sie irgendwann zu Miriam. „Ja, ich hätte dich auch gern bei mir behalten. Aber Marta ist nun mal deine Mutter." „Was heißt das schon. Du liebst mich mehr als sie!" „Sag so was nicht. Marta liebt dich, das weiß ich, und du weißt es auch!" Jo zuckte mit den Schultern. Dann streifte sie die Schuhe von ihren Füßen, schleuderte sie weit von sich und legte die Beine auf den Esstisch neben die abgegessenen Sushi-Brettchen. Ich versuchte mir vorzustellen, was passieren würde, wenn ich mir sowas zuhause erlaubte. Miriam schien es garnicht zu bemerken. „Erzähl mir wie es war, als ihr mich bekommen habt, du und Marta." Miriam lachte.„Die Geschichte kennst du doch. Marta und ich haben sie dir schon mindestens hundert Mal erzählt!" „Trotzdem! Ich will es nochmal hören.

Schwere Geburt

Miriam erzählte: „Deine Mutter und ich waren neu hier am Theater, unser erstes Engagement nach der Schauspielschule, und wir steckten mitten in den Proben zu „Minna von Barnhelm". Marta spielte Minna, ich die Franziska. Eine Riesenchance, zwei so große Rollen zu bekommen, es hing für uns alles davon ab, ob wir gut, nein, vortrefflich, herausragend, umwerfend, absolut einzigartig waren. Den Tellheim gab ein junger Schauspieler aus den Vereinigten Staaten, Jan. Er hatte Mühe, seinen Akzent los zu werden, und wir übten nachts nach den Proben mit ihm stundenlang Deutsch, so lange, bis wir alle drei am Tisch einschliefen. Es war eine tolle Zeit, eigentlich die beste meines Lebens. Marta verknallte sich natürlich umgehend in Jan, sie meinte, das sei gut für die Authentizität ihres Spiels, und sie war auch wirklich gut, also ließ ich sie in Ruhe.
Wir drei kamen perfekt miteinander aus. Jan verfiel nach kurzer Zeit dem Charme deiner Mutter, du kennst sie ja, kein Mann kann ihr auf Dauer widerstehen, wenn sie sich in den Kopf gesetzt hat, ihn rumzukriegen. Und dann, am Tag vor der Premiere, kam sie völlig aufgedreht nach Hause, warf sich auf unser Sofa, lachte und heulte abwechselnd, und gestand mir nach einigem Hin und Her, dass sie schwanger sei. Ich bekam einen Wutanfall! Wir waren grade mal zwanzig, Marta hatte Massen von Zeit vor sich, um Mutter zu werden, wenn sie es denn unbedingt wollte, aber um Gotteswillen doch nicht gerade jetzt, wo wir einmal im Leben die Chance hatten, uns als Schauspielerinnen durchzusetzen! Das war es, was wir uns immer gewünscht hatten, schon im Gymnasium hatten wir uns ausgemalt, zusammen zur Schauspielschule nach München zu gehen, wir Provinzmädels mit den großen Träumen und den Flausen im Kopf. Und dann wurden wir beide angenommen, zogen unser Studium durch und bekamen unser erstes Engagement, das

war wie ein Sechser im Lotto, und sie setzte das alles einfach aufs Spiel!
‚Ich kenn' da eine Ärztin...', fing ich an. Marta sprang mir beinahe ins Gesicht. ‚Bist du verrückt? Niemals lass ich mein und Jans Baby wegmachen, auf gar keinen Fall! Jan und ich lieben uns, wir werden es irgendwie schaffen! Wenn sein Vertrag hier ausläuft, gehen wir zusammen nach New York, ziehen gemeinsam das Kind auf und machen Karriere, das ist doch alles überhaupt kein Problem!' ‚Hast du es ihm denn schon gesagt? Findet er diese Idee auch so toll?' Sie wand sich eine Weile, dann gestand sie, dass Jan von nichts wusste. ‚Na, dann wirst du es ihm morgen nach der Premiere sagen, schließlich hat er ein Recht darauf, zu wissen, dass er Vater wird. Und dann kannst du von mir aus weiter Familienpläne schmieden.'

Die Premiere war ein großer Erfolg, Marta war hinreißend als Minna, die Schwangerschaft schien sie zu beflügeln, sie sprühte geradezu vor Charme und wickelte ihren Tellheim um den kleinen Finger. Die Leute tobten, sie war die Königin des Abends. Auf der Premierenfeier trank sie keinen Tropfen Alkohol und wurde zunehmend schweigsamer. Gegen Ende zog sie Jan beiseite und redete mit ihm. Es schien nicht so gut zu laufen. Sie stritten sich, und dann rannte Jan raus. Marta kam zu mir, sagte kein Wort, sie war blass und wollte sofort nach Hause.
Am nächsten Morgen erschien sie nicht zum Frühstück. Ich ging zu ihr rein, sie lag im Bett, die Zudecke über dem Kopf. Ich setzte mich auf die Bettkante und zog behutsam die Decke von ihrem Gesicht. ‚Was war denn? Wie hat Jan reagiert?' ‚Er will nichts davon wissen! Er hat gesagt, ich soll es wegmachen lassen! Unsere Beziehung sei nur was auf Zeit, so lange er hier sei, zuhause in den USA wolle er Karriere machen und keine Familie am Hals haben.' Ich versuchte, sie zu

trösten, aber es hatte keinen Zweck. Die folgenden Tage waren ein Alptraum. Zuerst weigerte sich Marta, die Minna weiter zu spielen, sie könne nicht mit Jan auf der Bühne stehen. Eine andere Schauspielerin sprang ein, dann hatte sie sich wieder so weit gefangen, dass sie spielen konnte, aber sie war nie mehr so gut wie bei der Premiere. Jan und sie gingen sich aus dem Weg, so gut es ging, und ich vereinbarte einen Termin bei der Ärztin. Sie ließ sich schließlich überreden, hinzugehen. Als ich an jenem Tag von der Probe kam, saß sie in der Küche, in Tränen aufgelöst. ‚Ich kann es einfach nicht. Hilfst du mir, wenn ich das Kind habe? Allein schaff ich das nicht.'"

Miriam sah Jo von der Seite an. „Wenn es nach mir gegangen wäre, gäbe es dich heute nicht." Es sah so aus, als wäre ihr diese Tatsache gerade erst zu Bewusstsein gekommen. „Mach dir keine Gedanken deswegen. Letztendlich wäre das auch nicht so schlimm. Manchmal wär es mir sogar lieber." Miriam stand auf, ging um den Tisch herum und nahm Jo in den Arm. „Sag so was nie wieder! Ich bin froh, dass es dich gibt, und Marta auch! Was würde sie anfangen, wenn du nicht auf sie aufpassen würdest?" Jo lachte. „Da hast du recht. Aber ab und zu kann ich allerdings nicht verhindern, dass sie Dummheiten macht. Und mein Vater? Der ist abgehauen, bevor ich zur Welt kam!" „Ja, sein Vertrag lief aus und er ging zurück nach New York. Da war Marta im Mutterschutz, sie haben sich nicht mehr gesehen, bevor er abreiste. Als deine Mutter noch mit dir im Krankenhaus war, hat er mal bei mir angerufen und nach euch gefragt. Er wollte wissen, wie du heißt. Der Name Johanna hat ihm gefallen. Inzwischen kommen keine Postkarten mehr für dich bei mir an, und seine Adresse kenne ich auch nicht. Irgendwann fliegst du rüber und suchst ihn, er wird es bestimmt bereuen, dass er nicht dein Vater sein wollte. Oder er wird dich finden, wenn du eine berühmte Schauspielerin bist und dein erstes Gastspiel in New York gibst!" Jo winkte ab. „Erzähl noch mal von meiner Geburt!"

Miriam stützte das Kinn in die Hand und machte ein ernstes Gesicht. „Du weißt, dass ich das nicht gern erzähle. Es war schlimm, deine Mutter wäre fast gestorben. Als die Wehen einsetzten, war ich grade auf einer Probe. Sie ließ ein Taxi kommen und rief mich von der Klinik aus an. Ich fuhr sofort hin. Sie lag in den Wehen, und jedes Mal, wenn es anfing, schrie sie wie am Spieß und wurde leichenblass. Es machte mich wirklich fertig, aber der Arzt sagte, das sei eben so bei einer Geburt, ohne Schmerzen geht es nicht ab. Ich verstehe heute noch nicht, warum er ihr keine Narkose gemacht hat. Irgendwann gab es dann doch Komplikationen, ich weiß nicht genau, was es war, anscheinend wolltest du einfach nicht raus aus der gemütlichen Höhle. Oder war es eher so, dass Marta dich noch nicht wirklich hergeben wollte? Sie war eine so schöne Schwangere gewesen, hatte es genossen, von allen bewundert zu werden, noch mehr als sonst. Alle rissen sich darum, deiner Mutter die Einkaufstasche hinterherzutragen, ihr in den Bus zu helfen, ihr einen Sitz anzubieten. Als sie da lag und das Baby nicht kommen wollte und sie sich so schrecklich quälte, kam es mir vor, als ob ihr beide vor meinen Augen einen Kampf austragt, einen Kampf auf Leben und Tod sozusagen. So als wolltet ihr herausfinden, wer die Stärkere von euch ist. Martas Schreie waren schlimm gewesen, aber ihr plötzliches Schweigen war noch schlimmer. Ich hielt ihre Hand, Arzt und Hebamme waren für eine Sekunde rausgegangen, da wurde sie plötzlich still, und ich hatte das Gefühl, sie atmete nicht mehr. Ich schrie um Hilfe, die Beiden stürzten in den Kreißsaal, der Arzt gab ihr eine Spritze und holte sie wieder zurück. Dann entschlossen sie sich endlich, einen Kaiserschnitt zu machen. Viel zu spät war das.

Man hätte deiner Mutter viel ersparen können. Na, jedenfalls war ich danach endgültig von dem Gedanken kuriert, selbst Kinder haben zu wollen."

Ophelia

Am nächsten Morgen erwachte ich in einem breiten, weiß bezogenen Bett, die Sonne schien ins Zimmer. Jo lag neben mir auf dem Bauch, das Gesicht im Kissen vergraben, und schlief fest. Ich hatte keine Ahnung, wie ich ins Bett gekommen war. Irgendwann war ich müde geworden, der Sake war mir zu Kopf gestiegen, ich ging zu dem riesigen Ledersofa rüber, das in einer Ecke des Zimmers stand, kuschelte mich in eine Wolldecke und schlief ein. Immer noch hatte ich das T-Shirt von gestern an, Jeans und Schuhe lagen neben dem Bett. Der Wecker auf dem Nachttisch zeigte Viertel nach Zehn. Ich stand auf und schlich mich hinaus, um Jo nicht zu wecken. In der Küche war der Frühstückstisch gedeckt, auf einem Zettel stand: „Ich hoffe, ihr habt gut geschlafen! Ich bin bis um Eins auf der Probe, wenn ihr Lust habt, könnt ihr vorbeikommen und zuschauen. Gruß, Miriam!"
Nach einigem Suchen fand ich das Bad. Ich benutzte Miriams Duschgel und fühlte mich danach wie neu geboren. Als ich in unser Zimmer kam, war Jo wach. „Na, ausgeschlafen?" „Es geht so. Du bist gestern Nacht auf dem Sofa eingepennt, wir haben dich gemeinsam ins Bett getragen und dir Schuhe und Jeans ausgezogen. Du hast es garnicht gemerkt. Wie spät ist es?" Ich zeigte auf den Wecker, viertel vor Elf. „Ach du Scheiße, der halbe Tag schon vorbei, und ich hatte so viel vor! Na, egal, erst mal duschen." Sie schälte sich aus der Bettdecke und rieb sich die Augen. „Miriam hat uns geschrieben, dass wir zur Probe kommen sollen. Ich hätte Lust, sie auf der Bühne zu sehen. Ich mach Kaffee, sie hat den Tisch für uns gedeckt." Zehn Minuten später saßen wir vor gefüllten Kaffeetassen und schlangen gierig frische Croissants mit Marmelade runter.

„Ich will dir die Stadt zeigen, das Haus, wo wir gewohnt haben, meine Schule und alles. Aber zuerst gehen wir ins Theater!" Der Pförtner erkannte Jo gleich wieder. „He, die Frisur steht dir gut! Wie geht's deiner Mutter? Geht nur durch, sie proben grade." Der Zuschauerraum war zur Hälfte besetzt, anders als bei den Proben in unserem Stadttheater, wo wir meist allein zusahen. „Generalprobe", erklärte Jo, „sie ist öffentlich, und es wird in den Originalkostümen gespielt." Wir gingen nach vorn und setzten uns in die erste Reihe, wo sich anscheinend niemand hingetraut hatte. Ehrlich gesagt, ich verstand nicht das Geringste von dem, was da auf der Bühne abging. Für mich war keine Handlung zu erkennen. Irgendwann kapierte ich, dass es was mit Hamlet zu tun haben musste, weil einer der Akteure sein Kostüm ablegte und behauptete, er sei gar nicht Hamlet. Ich suchte vergeblich nach Miriam. Waren wir vielleicht in die falsche Probe geraten? Jo sah mich groß an, als ich sie fragte. „Das dort ist Miriam, sie spielt die Ophelia. Hast du sie etwa nicht erkannt?"

Wir schauten das Stück bis zum Ende an. Dann gingen wir in die Stadt. Jo war noch mit dem Eindruck beschäftigt, den Miriams Spiel auf sie gemacht hatte. „Robert de Niro hat mal gesagt, er könne auch ein Schnitzel spielen. Bei Miriam ist es genau so, sie kann einfach alles spielen!" Ich merkte, wie sehr sie Miriam bewunderte. „Wenn ich es nur irgendwann schaffen könnte, so gut zu werden! Sie ist das krasse Gegenteil meiner Mutter! Die erkennt man in jeder Rolle, sie spielt immer nur sich selbst, Hauptsache, sie ist die Schönste und alle anderen fallen gegen sie ab."
„Du bist ungerecht! Marta ist eine gute Schauspielerin, und dass sie schön ist, dafür kann sie ja wohl nichts!"
„Marta ist nur gut, wenn sie verliebt ist. Aber irgendwann wird sie zu alt dafür. Das Schlimme ist, ich kann ihr nicht helfen, im Gegenteil, ich stehe ihr im Weg, und außerdem hat sie Angst, ich könnte irgendwann besser sein als sie. Hier, in diesem Haus haben wir gewohnt."

Vor einem mit dunklem Backstein verkleideten Wohnblock blieben wir stehen. „Unsere Wohnung war unterm Dach, drei Zimmer, Küche, Bad, eigentlich zu klein für unsere drei-Frauen-WG. Damit ich ein eigenes Zimmer hatte, stellte Miriam irgendwann ihr Bett ins Wohnzimmer. Das wäre meiner Mutter nie eingefallen. Sie nahm es als selbstverständlich hin, dass Miriam mir ihr Zimmer überließ. Hinten raus zum Innenhof ist ein Balkon, da stehen große alte Bäume, nicht so schön wie vor Miriams Wohnung, aber immerhin ein bisschen Grün. Mir hat es dort gut gefallen."
Wir kamen an Jos Schule vorbei, sie zeigte mir das Fenster des Klassenzimmers, in dem sie zuletzt gewesen war. Dann erzählte sie weiter. „Eine Zeitlang dachte ich, Miriam wäre meine Mutter. Nach meiner Geburt wollte Marta so schnell wie möglich wieder auf die Bühne, sie war wieder richtig gut, nachdem sie die Sache mit Jan überwunden hatte, und bekam die besten Rollen. Ich bewunderte sie sehr, sie war so schön und elegant, und wenn sie nach der Vorstellung nach Hause kam, war sie immer aufgedreht, berauscht vom Beifall und von der Bewunderung, die alle ihr entgegenbrachten. Manchmal kam sie auch erst am nächsten Tag nach Hause. Miriam brachte mich jeden Morgen in den Kindergarten, kochte das Essen für uns drei, machte den Haushalt und brachte es fertig, nebenbei noch ein paar kleine Rollen zu übernehmen. Wie gesagt, für mich war sie meine Mutter. Bis zu dem Abend, an dem sie und Marta einen Riesenstreit bekamen. Frag mich nicht, worum es ging, ich war vier oder fünf Jahre alt und habe nichts kapiert. Als die beiden anfingen, sich anzuschreien, bekam ich Angst und flüchtete zu Miriam. ‚Du nimmst mir meine Tochter weg!', schrie Marta, packte mich am Arm und riss mich von Miriam fort, ‚ich werde mit Johanna ausziehen, morgen fang ich an, für uns eine Wohnung zu suchen!' Ich schrie wie am Spieß, begriff nicht, was los war, heulte nur ‚Mama, ich will zu meiner Mama',

damit meinte ich natürlich Miriam, was meine Mutter noch wütender machte.

 Irgendwie schafften es die beiden, sich wieder zu versöhnen. Marta wusste, dass sie auf Miriam angewiesen war und alleine nicht zurechtkommen würde, und außerdem mochten sie sich wirklich, sie hingen ja schon seit Schulzeiten zusammen. Erst später bekam ihre Freundschaft einen Knacks, der nicht mehr zu reparieren war. Als ich größer wurde und Miriam sich wieder in die Arbeit stürzte, stellte sich nämlich raus, dass sie die Begabtere von beiden war. So lange Miriam brav das Hausmütterchen spielte, im Hintergrund blieb und sie die Lorbeeren abräumen ließ, war für meine Mutter die Welt in Ordnung, aber umgekehrt brachte sie es nicht fertig, zurückzustecken und ihrer Freundin den Erfolg zu gönnen. Die zweite Geige spielen, das kam nicht in Frage, nicht für Marta, nicht für meine Mutter."

Um ein Haar

Auf dem Weg zur Innenstadt sicherten Polizisten einen Demonstrationszug ab und ließen uns nicht durch. „Komm, wir gehen ein Stück mit!" Jo zog mich hinter sich her, und wir reihten uns unterhalb der Sperre in den Zug ein. „Worum geht's hier eigentlich?" Statt einer Antwort hob ich einen Button von der Straße auf, „Atomkraft nein danke!" Jo steckte ihn an ihr T-Shirt und schrie aus vollem Hals mit dem nun einsetzenden Sprechchor mit. Mir war das peinlich, außerdem mochte ich keine Menschenansammlungen, aber Jo schien völlig in ihrem Element zu sein, ich wusste garnicht, dass sie sich für Politik interessierte. Ich zog an ihrem Ärmel. „Komm, lass uns gehen!" „Interessiert es dich etwa nicht, wie unser Planet in hundert Jahren aussieht? Dass unsere Enkel in einem atomverseuchten Land aufwachsen müssen und alle mit dreißig an Krebs sterben werden?" Sie sah mich vorwurfsvoll an. Es war mal wieder eins von ihren Spielchen. „Ach komm, Jo, in Wahrheit interessiert dich das doch gar nicht!" Sie ließ sich von mir an den Straßenrand zerren und grinste.„Du hast recht, es kümmert mich einen Scheißdreck. Aber", nun machte sie wieder ein ernstes Gesicht, und ich wusste beim besten Willen nicht, ob sie es ernst meinte oder nicht, „es sollte einen interessieren. Wir sind viel zu naiv und lassen uns alles gefallen, im Grunde müsste man sich viel mehr wehren!"

In der Altstadt hielt Jo nach Bekannten Ausschau. Plötzlich packte sie mich am Arm. „Scheiße, dem wollte ich grade nicht begegnen", flüsterte sie, aber es war zu spät, ein großer Blonder mit Schimanski-Jacke hatte sie schon entdeckt.

„Hallo Jo, welch hoher Besuch!" „Hallo Lars. Ich kann nicht grade sagen, dass ich mich freue, dich zu treffen," gab Jo zurück, während Lars' Kumpels zu ihm aufrückten und sehen wollten, was los war. „Die gute alte Jo, unverschämt wie immer! Die Provinz hat dir offensichtlich nicht geschadet, wenn man mal von deiner beschissenen Frisur absieht." Jo zeigte ihm den Stinkefinger. „Und wie geht's unsrer allerliebsten Marta? Hat sie sich schon durchs Dorf gevögelt?"

Bevor ich kapierte, um was es ging, taumelte Lars plötzlich rückwärts auf einen Kneipentisch zu, an dem ein paar Männer saßen, die schon ziemlich betrunken zu sein schienen. Aus seiner Nase lief Blut und tropfte auf seine Jacke, seine Freundin kreischte „Hilfe, Polizei", aber niemand kümmerte sich um sie, denn nun erhob sich bedrohlich langsam ein Typ, über den Lars im Rückwärtsgang gestolpert war, drehte sich um, packte ihn am Kragen und schleuderte ihn mitten in die Gruppe seiner Kumpels hinein. Innerhalb von ein paar Sekunden entwickelte sich die schönste Schlägerei.
„Schnell!" Jo zog mich in eine Seitengasse, wir rannten um unser Leben, wagten nicht, uns umzusehen, aber niemand folgte uns, sie waren zu sehr mit sich selbst beschäftigt und hatten nicht gemerkt, dass wir uns aus dem Staub machten. Trotzdem rannten wir weiter, als wären sie hinter uns her. In der Mitte der Rheinbrücke blieben wir stehen, hielten uns keuchend am Geländer fest und versuchten, zu Atem zu kommen. „Das war knapp!" Jo rieb sich die rechte Hand. „Seine Nase muss aus Stahl sein, es fühlt sich an, als hätte ich mir alle Finger gebrochen." Ich nahm ihre Hand und tastete sie vorsichtig ab. „Halb so schlimm, nichts gebrochen. Du hast einen verdammt harten Schlag, der Typ wusste nicht, wie ihm geschah. Seine Schimmi-Jacke kann er jedenfalls wegschmeißen, Blutflecken gehen nicht mehr raus!" Plötzlich mussten wir lachen, wir lehnten uns übers Brückengeländer und konnten nicht mehr aufhören mit Lachen, wir rangen nach Luft und hätten beinahe in den Rhein gekotzt.

„Ich glaub's einfach nicht, dass ich ihm eine verpasst habe, es ging alles so schnell", sagte Jo, als sie wieder in der Lage war zu sprechen. „Er macht Bodybuilding und ist im Boxclub, wahrscheinlich fliegt er da jetzt raus, denn Schlägereien auf der Straße sind für Boxer tabu. Ich würd's ihm wirklich gönnen, er ist so ziemlich das mieseste Arschloch, das auf dieser Erde rumläuft. Er arbeitete eine Zeitlang als Beleuchter am Schauspielhaus und meine Mutter musste natürlich was mit ihm anfangen. Ausgerechnet dem muss ich über den Weg laufen! Ein Glück, dass die anderen Typen dazwischenkamen, sonst hätten wir ein Problem gehabt!"
Erst jetzt ging uns auf, wie kritisch die Situation gewesen war. Schweigend schauten wir auf's Wasser hinunter, das träge und schlammbraun unter der Brücke durchfloss. Große Schleppkähne fuhren den Rhein rauf und runter, manche schwer beladen, das Wasser schwappte über die Reling, Bugwellen klatschten an die Kaimauern. Hinter uns fuhren Straßenbahnen über die Brücke und brachten sie zum Zittern, in der Ferne stieg ein Flugzeug im Steilflug nach oben.

„Meine Mutter macht wirklich alles falsch im Leben", sagte Jo. „Sie ist schön, sie hat Talent, sie könnte so viel aus sich machen, aber in Wahrheit hat sie überhaupt kein Selbstvertrauen. Sie verlässt sich nur auf ihr Äußeres und ist ganz abhängig davon, dass alle sie toll finden und bewundern. Andauernd muss sie sich verlieben, aber sobald jemand wirklich Interesse an ihr hat und es ernst meint, macht sie Schluss. Ich denke, sie hat den Glauben an die Liebe verloren, weil mein Vater sie damals sitzenließ, als sie mit mir schwanger war. So betrachtet, bin ich schuld an ihren Problemen." Sie beugte sich über das Geländer und ließ eine Portion Spucke fallen. „Manchmal glaube ich, meine Mutter hasst mich", fuhr sie fort, als die Spucke unten angekommen war. „Ich bin genau das Gegenteil der Tochter, die sie sich gewünscht hat. Sie hat sich vorgestellt, ich würde so sein wie sie, eine Art Zweitausgabe von Marta, eine Freundin fürs Leben, die sie immer versteht, ihre Klamotten trägt und alles mit ihr teilt, vom Lippenstift bis zum Liebeskummer. Aber ich interessiere mich nicht für Klamotten und Make-Up und auch nicht dafür, wie man es anstellt, einen Jungen in sich verliebt zu machen. Es ist mir peinlich, wenn sie sich aufbrezelt, um den Männern zu gefallen. Ich glaube, ich bin das Schlimmste, was ihr passieren konnte. Komm, ich habe eine Idee!"

Startbahn

Wir rannten einer Straßenbahn hinterher und schafften es grade noch in den hinteren Waggon, selbstverständlich ohne Fahrschein, was anderes kam für Jo nicht in Frage. Wir fuhren quer durch die Stadt, stiegen immer wieder um, irgendwann gab ich es auf, mitzuzählen, ich hatte keine Ahnung mehr, wo wir waren. Jedenfalls stiegen wir einmal öfter um, als mit Fahrschein nötig gewesen wäre, denn an einer Haltestelle zerrte Jo mich aus dem Wagen. „Das ging noch mal gut", schnaufte sie, als wir draußen waren, „hinten kamen zwei Kontrolleurinnen rein, zum Glück habe ich einen Blick dafür, auch wenn sie in Zivil sind. Ich rieche sie förmlich!" Wir warteten auf die nächste Bahn und fuhren weiter. In einem Vorort stiegen wir aus. Ich hatte keinen Schimmer, was Jo vorhatte. In der Nähe des Flughafens war die Fahrt zu Ende. Eine große Maschine schwebte über uns herein, ließ sich heruntersinken und verschwand hinter den Häusern.
„Es ist noch zu früh", meinte Jo, wofür auch immer, ich konnte es mir beim besten Willen nicht vorstellen. „Wir müssen warten, bis es dunkel ist. Und außerdem sollten wir was essen." An einer Imbissbude kauften wir zwei Burger, Jo ließ sich zwei Dosen Bier dazu geben, „das kann nicht schaden", meinte sie mit geheimnisvollem Grinsen. Wir setzten uns auf eine Wartebank an der Haltestelle, ich merkte erst, wie ausgehungert ich war, als ich den ersten Bissen kaute. So gut hatte mir noch nie ein Burger geschmeckt! Das Bier war herrlich kalt und stieg mir zu Kopf.

„Nach der Schauspielschule hau ich sofort ab ich ins Ausland, nach Paris oder New York", sagte Jo und verdrehte mit lautem Knacken ihre leere Bierdose. „Wenn man es als Schauspieler nicht auf die großen internationalen Bühnen schafft, hat man sowieso verloren. Oder ich geh gleich nach Hollywood und versuche, beim Film reinzukommen. Auf keinen Fall werde ich an irgendeiner Provinzbühne versauern wie meine Mutter, darauf kannst du Gift nehmen!" Sie warf die zerknüllte Dose in hohem Bogen in den Abfalleimer. Das nächste Flugzeug senkte sich über unseren Köpfen herab, der Lärm verhinderte jedes weitere Gespräch, dann glitt die Maschine über die Dächer weg in Richtung Landebahn. Plötzlich war mir klar, in Jos Leben gab es keinen Platz für mich. Wir hatten doch alles gemeinsam machen wollen, uns eine kleine Wohnung teilen wie Marta und Miriam, so hatten wir es uns mal ausgemalt. Aber Jo schien sich nicht daran zu erinnern, es war nicht wichtig für sie, nur so dahingeredet, aus einer Laune heraus und längst vergessen. Ich hatte es nicht vergessen. Im Grunde war es meine einzige Zukunftsvorstellung überhaupt, mit Jo zusammen zu bleiben. Mit ihr fühlte ich mich stark, unverwundbar. Gemeinsam würden wir alles schaffen. Was ich studieren und womit ich später mein Leben verbringen würde, das war mir nicht wichtig, es würde sich schon ergeben, Hauptsache, wir blieben Freundinnen.

Bevor ich weiter darüber nachdenken konnte, erhob sich ein Höllenlärm über den Dächern. Eine Maschine im Steigflug tauchte auf und machte sich auf den Weg in den inzwischen nachtblauen Himmel. Ihre Suchscheinwerfer wanderten über uns weg, die Lichtkegel tasteten sich durch die Dunkelheit. „Los, schnell!" Jo sprang auf und rannte los. Wir liefen die Hauptstraße entlang und bogen in ein Wohngebiet ein. Wie kann man hier bloß wohnen, dachte ich, schon wieder kam eine Maschine. Wir überquerten den dunklen Parkplatz eines Supermarktes, schlugen uns dahinter in die Büsche und standen nach ein paar Metern an der Schnellstraße zur Stadt. „Pass auf, dass dich keiner sieht!" Jo wartete eine Lücke im Verkehr ab, wir liefen bis zur Mittelleitplanke und

stiegen darüber. Auf der Gegenfahrbahn näherte sich ein Pulk Autos, wir duckten uns, aber der Fahrer des letzten Wagens hatte uns gesehen, blinkte uns an und hupte im Vorbeifahren. „Hoffentlich ruft er nicht die Polizei", rief ich Jo zu. Sie reagierte nicht, sondern spurtete über die Fahrbahn, ich hinterher. Auf der anderen Seite kletterten wir den mit Büschen bewachsenen Schallschutzwall hoch. Auf seinem Kamm endete das Gestrüpp an einem Stahlzaun. Vor uns lag das Flughafengelände, die Startbahn führte direkt auf uns zu.
„Manchmal sind sie mit Hunden unterwegs, aber ich glaube, wir haben Glück. Da kommt eine, schnell!" Eine große Maschine stand auf dem Rollfeld und wartete auf die Startfreigabe. Jo rannte gebückt am Zaun entlang, als suche sie etwas, dann bog sie ein Stück vom Zaun weg, der an einer Stelle aufgeschnitten war. „Durchkriechen, schnell!" Wir zwängten uns nacheinander durch die schmale Öffnung, schlitterten die Böschung runter und liefen zwischen den Lichtkegeln der Positionsscheinwerfer hindurch bis zum Ende der Startbahn, auf der die Maschine nun in Fahrt kam. „Hast du den Film ‚Cabaret' gesehen, mit Liza Minelli?" brüllte Jo mir ins Ohr, während wir rannten. „Nein!", brüllte ich zurück. „Wenn sie direkt über uns ist, dann musst du schreien, schrei so laut du kannst!" Wir ließen uns ein paar Meter hinter dem Ende der Startbahn ins Gras fallen und blieben mit ausgebreiteten Armen auf dem Rücken liegen. Die Maschine hob ab und flog über uns weg, ihr Bauch glänzte im Licht der Scheinwerfer, eine Flutwelle von Lärm überrollte uns, sodass unsere Körper vibrierten, und ich fing an zu schreien, es kam ganz von selbst, wir schrien so laut wir konnten und das Donnern der Triebwerke schluckte unsere Stimmen.
Als das Flugzeug verschwunden war blieben wir eine Weile wie betäubt liegen. Ich schaute in den Nachthimmel, mein Hirn war leer wie eine ausgepresste Zitrone. Dort oben stand die Mondsichel und direkt über

ihr ein heller Stern, als hätte sie ihn grade sanft in die Luft geworfen und er wäre in diesem Augenblick auf dem höchsten Punkt seiner Bahn angekommen, um gleich wieder zurückzusinken, und plötzlich hatte ich Lust, noch mal loszuschreien!

Jo richtete sich als Erste auf. „Es kommt wieder eine, höchste Zeit abzuhauen!" Wir rappelten uns hoch, fielen beim Laufen fast über unsere Bei- ne, krochen auf allen Vieren den glitschigen Hang rauf und quetschten uns durch das Loch. Danach bogen wir den Zaun sorgfältig zurück, damit man den Einschnitt nicht sah, und Jo nahm den Anti- Atomkraft-Button ab, der immer noch an ihrem T-Shirt steckte, und machte ihn am Zaun fest. „Damit sie wissen, dass wir da waren!"

Traum

Ich stehe auf einer Brücke hoch über dem Wasser. Mir wird schwindlig beim Hinuntersehen, aber ich klettere über das Geländer und setze mich draußen auf einen schmalen Sims über dem Abgrund. Meine Beine baumeln im Leeren.
„Hallo Sophie", sagt eine vertraute Stimme. Jo sitzt neben mir und lässt ebenfalls die Beine baumeln. „Wie geht's dir so?"
„Hallo Jo! Nicht besonders gut, würde ich mal sagen."
„Das dachte ich mir."
„Und du? Ich meine, war es schlimm zu sterben? Ist es schlimm, tot zu sein?"
„Nicht besonders. Man gewöhnt sich dran."
„Ich vermisse dich!"
„Das kann ich nicht ändern. Allerdings frage ich mich grade, ob du vor hast, hier runter zu springen." Sie beugt sich so weit nach vorn, dass mir fast schlecht wird. „Sollte das der Fall sein, dann gebe ich dir Folgendes zu bedenken. Erstens, es wird nichts besser dadurch. Ich muss es wissen, also kannst du mir ausnahmsweise mal glauben. Zweitens, ich brauche dich. Hier bei uns kannst du nichts für mich tun. Niemand hier kann noch irgendwas tun. Wir sind ganz und gar auf euch angewiesen. Darauf, dass jemand von euch uns zuhört. Jemand, der uns liebt. Denn das ist die einzige Verbindung zwischen beiden Ufern."
Ich betrachtet sie von der Seite. Ganz die alte Jo, die kurze schwarze Mähne, Jeans und Sweatshirt. Sie zwinkert mir zu mit ihren hellen Augen.
„Also überleg's dir. Ich existiere nur noch in deinem Kopf, und was von uns und unserer Freundschaft übrig bleibt, liegt ganz bei dir. Das Einzige, was ich für dich tun kann, ist, dass du ein kleines bisschen ‚Jo' wirst. Ich schenk dir was von mir, von meiner Wut und meiner

Überheblichkeit, nicht zu viel, nur eben so, dass es dir hilft zu leben."
In diesem Moment fängt die Brücke an zu wackeln, „Jo, halt mich fest", schreie ich, aber da ist niemand.

Eva

Auf der Treppe zum Haupteingang habe ich plötzlich das Gefühl, ich sei nie weg gewesen. Im Musiksaal probt die Schulband „Nothing Else Matters" von Metallica. In der Aula steht Fröhlich und dirigiert ein paar Schüler, die einen Flügel heranrollten. Als er mich sieht, breitete er theatralisch die Arme aus und kommt auf mich zu. „Herzlich willkommen Sophie! Sie haben sich überhaupt nicht verändert!" So war er schon früher, immer auf der Kippe zwischen Ernst und Ironie, man wusste nie, ob er meinte, was er grade sagte, oder vielleicht doch das Gegenteil. Er scheint sich aber wirklich zu freuen, mich zu sehen.

„Wie gefällt Ihnen die Dekoration?" Die Aula ist als Veranstaltungsraum hergerichtet, um den erhöhten Mittelbereich, an dem sich sonst alle Wege kreuzen und der nun als Bühne dient, stehen Stühle, der Flügel thront nun in der Mitte, und in einer Ecke steht ein blumengeschmücktes Rednerpult. Fröhlich zeigt gut gelaunt in die Runde. „Dort wird das Lehrerkollegium sitzen, links die Kollegen im Ruhestand, und hier", er wandte sich nach rechts, „in den ersten beiden Reihen die Ehrengäste, der Abiturjahrgang von 1987, also Sie und Ihre ehemaligen Mitschüler. Ich rufe jeden einzeln auf, in alphabetischer Reihenfolge, dann kommen Sie zu mir auf die Bühne."

„Wofür werden wir eigentlich geehrt", kann ich mir nicht verkneifen zu fragen, „dafür, dass wir damals das Abitur bestanden haben? Oder weil wir noch leben?" Fröhlich überhört die Bemerkung.

„Wir machen das jetzt seit zehn Jahren, es ist jedes Mal eine sehr schöne Feier und wir haben immer großen Zuspruch. Unsere Direktorin hält eine kurze Ansprache, das Schulorchester spielt, nach der Ehrung tritt unsere Band auf. So, nun muss ich mich leider vorerst von Ihnen verabschieden, ich habe noch viel zu tun! Schauen Sie sich ruhig ein wenig in Ihrer alten Schule um, alle Türen sind offen, den Weg zu Ihrem Klassenzimmer kennen Sie ja. Wenn alles vorbei ist, haben wir sicher ein paar Minuten Zeit, uns zu unterhalten."

Ich zögere einen Moment, bevor ich mich für eine der beiden Treppen entscheide, die zur Galerie hinaufführte, denn dummerweise kann ich mich nicht mehr genau erinnern, wo unser Klassenzimmer gelegen hat. Auf der Galerie sind Mädchen damit beschäftigt, Dekoration anzubringen. Sie befestigen bemalte Leintücher an der Brüstung und lassen sie in die Aula hinunter. „Carpe diem" steht auf einem, und „Der Tag wird gut!" Ich versuche, mich durch einen Blick hinunter in die Aula zu orientieren, öffne einige Türen, und dann stehe ich endlich im richtigen Raum. Er sieht kleiner aus, als ich ihn in Erinnerung habe, ist in warmen Farben gestrichen, Bilder hängen an den Wänden, in einer Ecke steht ein Bücherregal, fast wie in einem Wohnzimmer. Bei uns war der Raum weiß und kahl gewesen. Ich setze mich in die letzte Reihe, in unsere Bank.

Nach Jos Tod blieb ich allein dort sitzen. Ich zog mich von den Anderen zurück, hasste alle, die zur Tagesordnung übergingen, als wäre nichts geschehen. Ich lebte in einem Vakuum, sie fehlte mir, als hätte man mir einen Arm oder ein Bein amputiert, ich fühlte mich nicht mehr vollständig, nicht mehr als ganzer Mensch. Ich war der langsame, schwerfällige Teil von ihr, ich hielt sie am Boden, wenn sie abzuheben drohte, und über Wasser, wenn sie am Untergehen war. Sie war der lebendige Teil von mir, sie holte mich aus meiner Traurigkeit raus und zeigte mir, was in mir steckte, dass ich in Wahrheit gar nicht so langweilig war, wie ich selbst und alle anderen dachten. Ich störte sie nie, selbst wenn sie ihre depressiven Phasen hatte, den ganzen Tag schweigend mit finsterer Miene rumsaß und alle abblit-

zen ließ, die sich ihr näherten. Alle außer mir. Wenn sie schwieg, hielt ich auch den Mund, wenn sie ausgelassen war, steckte sie mich sofort mit ihrer guten Laune an, wenn sie sich etwas ausdachte, konnte sie sicher sein, ich machte mit, egal was es war. Wir entfernten uns nie weiter als ein paar Meter voneinander, wir saßen in derselben Bank, gingen zusammen in die Pause, spielten uns beim Volleyball über die Köpfe der Anderen den Ball zu. Anfangs versuchten die Lehrer, uns zu trennen, weil unser hermetischer Zweier-Block ihnen unheimlich war. Während der Schulstunden kommunizierten wir in einem Geheimcode aus Blicken, kleinen Gesten, Spezialwörtern und angedeuteten Grimassen, sodass sie sicher die ganze Zeit das Gefühl hatten, wir machten uns über ihren Unterricht lustig. Was ja auch manchmal stimmte. Aber uns auseinander zu setzen hätte nichts genützt, unser Code funktionierte auch auf Entfernung. Im Grunde brauchten wir ihn garnicht, denn wir dachten und fühlten sowieso meistens das Gleiche.
Und dann war Jo plötzlich weg, von einem Tag auf den anderen.
Ich wusste, niemand in der Klasse konnte mich verstehen. Niemand hatte kapiert, was zwischen uns war. Keiner hatte eine Ahnung, was wirkliche Freundschaft ist. Dass man sich versteht ohne zu reden. Von Lachanfällen, die einen gleichzeitig packen, wegen nichts, vom Traurigsein ohne zu wissen warum. Von Wut, die von der Einen auf die Andere überspringt. Sich streiten wegen nichts, einander verletzen und dabei verzweifeln. Der Wunsch, sich nie im Leben zu trennen. Eifersucht. Angst, sich in der Anderen zu täuschen, keinen einzigen ihrer Gedanken wirklich zu kennen. Und in seltenen Momenten das Gefühl, einander so nah zu sein als wären wir eine einzige Person.
Am meisten hasste ich Sven. Er tat er so, als hätte es Jo nie gegeben, spielte sich schlimmer auf als je zuvor, parkte seinen neuen Golf GTI vor der Schule im Halte-

verbot, damit jeder ihn sehen konnten, und hatte alle paar Wochen eine neue Freundin. Auf dem Schulhof standen seine Anhänger um ihn rum, eine Clique von Jungs mit ihren jeweils aktuellen Freundinnen. Die Klasse war gespalten, auf der einen Seite die, die zu Sven hielten, auf der anderen Seite ich, in der Mitte die Unentschiedenen, die sich nur für ihren Notendurchschnitt interessierten. Max erschien nicht mehr bei uns. Er verbrachte viele Wochen im Krankenhaus, und danach hieß es, seine Eltern seien mit ihm in eine andere Stadt gezogen. Ich freundete mich ein bisschen mit Karin an. Sie war eigentlich Evas Freundin, aber nach dem Unfall schien es damit vorbei zu sein.
„Eva hat sich total verändert", sagte sie eines Tages zu mir, als wir in der Pause zusammen beim Musiksaal standen. „Sie ist so zynisch geworden, es gibt nichts mehr, was sie gut findet, sie meint, jeder denkt doch nur an sich selbst, ohne Rücksicht auf andere, und man muss genauso werden, um im Leben zurecht zu kommen. Ich glaube manchmal, dass sie depressiv ist, nichts macht ihr Freude. Ich schlug ihr vor, eine Therapie zu machen, aber da sprang sie mir fast ins Gesicht." Karin hatte recht, ich fand auch, dass Eva sich verändert hatte, sie war nicht mehr das sorglose, bei Allen beliebte und immer gut gelaunte Mädchen von früher. Sie wirkte oft abwesend, konnte einen ohne Grund anfahren und vergraulte viele, die für sie geschwärmt hatten. Für sie schien es nur noch darum zu gehen, ihr Einser-Abitur zu schaffen, wahrscheinlich paukte sie Tag und Nacht dafür. Irgendwann packte Karin ihre Sachen und setzte sich neben mich auf Jos Platz. „Hast du was dagegen? Ich halt das nicht mehr aus neben der blöden Tussi!" So blieb es dann bis zu Abitur.
Eva und Jo, das war eine Sache für sich gewesen. Bevor Jo auftauchte, war Eva die Königin der Klasse. Sie sah gut aus, trug immer die teuersten Klamotten, traf sich mit Jungs, während wir anderen Mädchen noch mit

Barbie-Puppen spielten, und war dabei auch noch gut in der Schule. Ihre Eltern hatten viel Geld, vielleicht sogar noch mehr als die von Sven, sie sollte an einer Elite-Uni in den USA studieren und man erwartete ein Einser-Abitur von ihr, das sie dann auch schaffte. Mit Jo trat zum ersten Mal eine ernsthafte Konkurrentin für sie auf den Plan, und zwar eine, die sie nicht einschätzen konnte, weil sie in einer ganz anderen Liga spielte. Jo war nicht besonders gut in der Schule und ihre Mutter konnte ihr keine Markenklamotten kaufen. Die beiden wohnten in einer kleinen Wohnung in der Nähe des Stadttheaters, einen Vater gab es nicht, und mit Jungs hatte Jo auch nicht viel am Hut. Sie stellte Eva auf andere Weise in den Schatten. Neben ihr wirkte die hübsche blonde Eva mit ihren geföhnten Locken plötzlich schrecklich langweilig. Man nahm sie einfach nicht mehr wahr, alle Augen waren auf Jo gerichtet, die wie ein Hurrikan in die Klasse fegte und alles umkrempelte.
Eine Weile suchte Eva Jos Freundschaft, um etwas von ihrem Glanz auf sich abzulenken, aber da kam sie an die Falsche. Jo hasste Eva, ich glaube, es war so etwas wie Abneigung auf den ersten Blick. Dieses Mädchen verkörperte alles, was ihr zuwider war, sie war bürgerlich und angepasst, alle fanden sie nett, sie schien nie Probleme mit sich und der Welt zu haben. Ein sorgloses Leben war für sie vorprogrammiert. Das Milieu, aus dem Jo kam, existierte für so jemanden wie Eva überhaupt nicht. Jo ließ Eva spüren, dass sie sie nicht für voll nahm, führte sie bei jeder Gelegenheit als blondes Dummchen vor und schaffte es, dass man über Eva lachte statt sie wie bisher zu bewundern. Nach kurzer Zeit waren die beiden erbitterte Feindinnen. Das eskalierte dann bei der Schifreizeit.

Jo war einfach in allem ein Phänomen, auch beim Skifahren. Sie ließ kein Wort aus sich herauslocken, ob sie früher schon mal gefahren war, sie stellte sich einfach auf die Ski und fuhr los, jeden Hang, zwar nicht mit perfekten Parallelschwüngen, aber ohne einen Hauch von Angst. Wenn sie es nicht gelernt hatte, war sie jedenfalls ein Genie! Nach ein paar Tagen war Jo so gut, dass sie nachmittags nach dem Ski-Kurs mit Max, Sven, Eva und ein paar Anderen die Hänge runter raste, nach einer Woche hielt sie voll mit und durfte sich mit ihnen zusammen zum Abschluss-Rennen der Schi-Schule anmelden.

Eva passte es überhaupt nicht, dass Jo so gut war. Bis jetzt hatte sie als Einzige von uns Mädchen mit den Jungs mithalten können, und nun bekam sie plötzlich Konkurrenz. Es sah aus, als liefe das Ganze auf einen Zicken-Krieg zwischen Jo und Eva raus, wobei Jo sich eher zurückhielt. Aber je ruhiger sie blieb, desto mehr giftete Eva. Sie mäkelte an Jos „Freistil" herum, nur dass die dummerweise meistens schneller war als Eva. Dann machte sie sich über Jos Ski-Klamotten her. Sie fuhr in Jeans und Parka, Eva natürlich im schicken Overall.

Aber es blieb nicht bei harmlosen Frozzeleien. Eines Abends im Speisesaal war Eva mal wieder in Kampfstimmung, und als Jo sich durch nichts provozieren ließ landete sie einen Treffer unterhalb der Gürtellinie.

„Was macht eigentlich deine Mutter?" fragte sie scheinheilig, „hat sie schon wieder einen neuen Lover? Sie hat ja wohl einen ziemlichen Verschleiß - "

Eva konnte den Satz nicht zu Ende bringen, da schnellte Jo wie Kobra hoch und langte ihr eine quer über den Tisch, dass ihre Backe rot wurde und anschwoll. Eva sprang von ihrem Stuhl auf, und die beiden fetzten sich, bis Fröhlich und dazwischenging und sie trennte.

Das Rennen fand am letzten Tag statt. Bei den Jungs siegte natürlich Sven. Von uns Mädchen waren nur Jo und Eva am Start. Eva kam als Erste den Hang runter, sie fuhr wirklich perfekt, ihre Zeit war gut, sie lag vorn.

Jo fuhr in ihrem typischen Freistil, schwang haarscharf an den gefährlich schwankenden Fähnchen vorbei, ging dazwischen gnadenlos auf Tempo und ließ sich die letzten Meter geradezu den Hang runterfallen. Auf ihre Stöcke gestützt, wartete sie unten auf die Wertung, sie schien völlig außer Atem zu sein, und ich hielt auch den Atem an vor Spannung. Sie war exakt die gleiche Zeit gefahren wie Eva, Eva und Jo lagen vorn, Bestzeit. Letztendlich gewann aber Eva das Rennen, weil Jo eine Stange beinahe mitgenommen hatte. Ich fand das ungerecht, aber Jo war zufrieden, sie war Bestzeit gefahren, alles andere kümmerte sie nicht. Die einzige, die sich wirklich ärgerte, war Eva. Ihr Image als Meisterin aller Klassen war erheblich angekratzt, weil Jo, ob Freistil oder nicht, genauso gut Skifahren konnte wie sie.

Verrat

Es ist so still wie in den Stunden, in denen wir eine Klassenarbeit schrieben. Draußen singen zwei Amseln um die Wette, ihr Gezwitscher vertieft die Stille. Der Blick aus dem Fenster, jede Einzelheit ist mir vertraut, die Häuser, die Straßenlaternen, die Bäume. Das Geräusch von umgeblätterten Seiten, Stifte, die hektisch übers Papier kratzten, die Schritte des Lehrers, der im Mittelgang auf und ab geht, über gebeugte Schultern blickt, ab und zu mit gedämpfter Stimme Hinweise gibt, im Hintergrund das ewige Amsellied - war ich je woanders als hier?
Plötzlich muss ich laut lachen. Oben unter der Decke, direkt über der Tafel, hängt immer noch das Bild, das wir Fröhlich einmal zum Geburtstag geschenkt haben, ein Ölschinken in goldenem Rahmen, röhrender Hirsch auf Waldlichtung mit Nebelschwaden und kitschig buntem Herbstlaub. Der Klassiker über dem Plüschsofa in jedem spießigen Wohnzimmer. Anlass für das Geschenk war eine Diskussion über Kitsch, in der Fröhlich kein gutes Haar an solchen Bildern ließ und an den Häusern, in denen sie hängen, und an den Leuten, die in diesen Häusern wohnen. Er hatte sich richtig in Rage geredet, Kitsch schien für ihn irgendwie ein moralisches Problem zu sein. Wir verstanden nicht hundertprozentig, worum es ihm ging. „Heuchelei", rief er aufgebracht, „falsche Idylle! Eskapismus (was war das nun wieder??), Naturschwärmerei, Heimatkult, wenn nicht Schlimmeres ..."
Als er fertig war, sahen wir ihn alle ganz verdattert an, weil wir sonst keine solchen Brandreden von ihm gewohnt waren. Da erhob sich zögernd ein Finger. Er gehörte Sebastian.
„Bei uns zuhause hängt so ein Bild," sagte er leise, „ein röhrender Hirsch auf einer Waldlichtung am frühen

Morgen, ich schaue es jeden Tag an, wenn wir beim Essen sitzen, und es hat mir immer gut gefallen."
Dröhnendes Gelächter. Fröhlich gab Sebastian eine gute Note extra für seinen Mut. Etwa ein halbes Jahr danach flog Sebastian von der Schule, und daran war Jo schuld.

Eigentlich war es als Scherz gedacht gewesen, als wir uns auf den Parkplatz schlichen, Sebastian, Sven Eva, Jo und ich, um den nagelneuen Audi unseres Lateinlehrers „aufzumotzen", wie Sven es nannte. Er hatte die Idee gehabt, solche Sachen kamen immer von ihm. Der Lateinlehrer Bülow war streng und unbeliebt, wer nicht gut in Latein war, kam für ihn als Mensch nicht in Frage, das machte er uns bei jeder Gelegenheit klar. Er verachtete uns, auch die, die sich anstrengten und denen er gute Noten geben musste, weil die Ansprüche so niedrig waren, wie er uns erklärte. Nie wieder würde das Bildungsniveau von Schülern an das heranreichen, was vor zweihundert Jahren als Mindestanforderung galt! Damals unterhielten sich Schüler und Lehrer während des Unterrichts überhaupt nur auf lateinisch, man schrieb freie Prosa in dieser Sprache, die zum Vollkommensten gehört, was menschlicher Geist je hervorgebracht hat, und Kant, betonte er, Kant hatte seine Doktorarbeit in Latein verfasst! Wir hörten weg. Die Gewissheit, für ihn zum Abschaum der Menschheit zu gehören, machte uns kein Problem, das war eben so, und wer trotzdem Latein lernte, tat es aus Interesse und nicht, um Bülow zu imponieren, weil das schlicht aussichtslos war.
Wenn er besonders schlecht drauf war, nahm Bülow sich sein Lieblingsopfer Sebastian vor. Der Arme konnte ja nichts dafür, dass die Geheimnisse der lateinischen Grammatik ihm auf ewig unergründlich bleiben würden, er war von Natur aus unfähig, diese Sprache zu erlernen, und die Angst vor dem Lehrer steigerte seine Unfähigkeit zu einer Art Duldungsstarre. Als Bülow es mal

wieder arg getrieben hatte, drehte sich Sven nach der Stunde zu uns um.

„Bülow hat einen neuen Wagen, er steht unten auf dem Parkplatz. Wer geht mit, ihn ein bisschen aufmotzen?"

Alle waren begeistert, aber zuletzt waren wir fünf die einzigen, die übrigblieben. Auf Svens Anweisung kauften wir in der Pause im Supermarkt Klebestreifen, drei Flaschen Pril, ein Viertelpfund Butter und zwei Eier. Nach der Schule (wir hatten eine Stunde früher aus) warteten wir, bis niemand in der Nähe des Parkplatzes zu sehen war, und machten uns an die Arbeit. Wir klebten Ralley-Streifen auf den Kühler, verzierten die Türen mit Pril-Blumen, rieben alle Türgriffe mit Butter ein und verteilten das Spülmittel über den Wagen. Als Höhepunkt schlugen wir die Eier auf und ließen den Inhalt in die Lüftungsschlitze flutschen.

„Das fängt bald herrlich an zu stinken, und er weiß nicht, wo es herkommt", sinnierte Sven. Sebastian machte sich hinten am Auto zu schaffen. Eva sah nach, was er dort trieb, und dann schrie sie plötzlich:

„Bist du total übergeschnappt? Wenn ihm was passiert!" Sebastian klappte sein Taschenmesser zu. Er hatte ein Loch in einen Reifen gestochen, man konnte es nicht sehen, aber wenn man das Ohr dran hielt, hörte man ein feines Zischen.

„Wir müssen es sagen!" drängte Eva, sie heulte fast. Bülow wohnte einige Kilometer entfernt. Wenn er nun unterwegs einen Unfall baute, weil der Reifen platzte?

„Ach was, da passiert schon nichts", beruhigte uns Sven, „die Luft geht langsam raus, er wird es merken, wenn er einen Platten hat. Außerdem wird er gar nicht erst losfahren, wenn er die Bescherung hier sieht, sondern die Polizei holen. Und wenn alles erledigt ist, ist der Reifen sowieso platt, und er muss den Wagen stehen lassen."

Am nächsten Morgen stand Bülows Wagen nicht auf dem Parkplatz. In der zweiten Stunde erschien Fröhlich mit gar nicht fröhlichem Gesicht in der Klasse.
„Herr Bülow ist gestern nur knapp einem Unfall entgangen. Jemand hat einen Hinterreifen an seinem Wagen zerstochen und damit bewusst in Kauf genommen, dass unserem Kollegen etwas zustößt. Sie können froh sein, dass er ein so guter Fahrer ist.
Gestern hat man einige aus dieser Klasse auf dem Parkplatz gesehen. Wenn Sie mir etwas zu sagen haben, bitte tun Sie es jetzt, dann kann ich ein gutes Wort für Sie einlegen. Weiß jemand, wer den Reifen zerstochen hat?"
Schweigen.
„An sich begrüße ich Solidarität unter Schülern, aber in diesem Fall - "
Fröhlich wandte sich zum Gehen.
„Sebastian war es", sagte Johanna neben mir laut und deutlich.

Max

„Sophie?" Eva stellt zwei große Tupperdosen mit Sahnetorten auf dem Lehrerpult ab. „Mit dir hatte ich irgendwie nicht gerechnet heute, ich dachte wirklich, dass wir uns in diesem Leben nie wieder begegnen. Du warst nach dem Abi so plötzlich verschwunden und hast dich nicht mehr gemeldet." Sie schaut auf die Uhr. „Wir sind noch früh dran, lass uns in die Cafeteria gehen, da können wir uns in Ruhe ein bisschen unterhalten."
Worüber will Eva mit mir reden? Etwa über Jo? Oder über den Unfall? Wir setzen uns in die Raucherecke, sie zündet sich eine Zigarette an. „Stört es dich? Zuhause rauche ich nicht, wegen der Kinder, aber ab und zu brauch ich eine, du kannst dir nicht vorstellen, wie stressig es oft bei uns ist!"
Ich habe mir unnötig den Kopf zerbrochen, Mütter haben immer was zu erzählen, sie können ihre Kinder vorschieben, wenn sie nicht über sich selbst reden wollen. Eva erzählt von ihren beiden Töchtern, die in diese Schule gehen, zusammen mit den Kindern von Sven. Nach einer Weile finde ich unsere einseitige Unterhaltung aber doch etwas seltsam. Will sie mir wirklich nur von ihrer tollen Familie vorschwärmen? Aber dann kommt sie plötzlich zur Sache. „Hat Jo dir eigentlich erzählt, dass sie schwanger war?"

Ich weiß nicht, was ich für ein Gesicht mache, wahrscheinlich fällt mir grade der Unterkiefer runter. Auf die Idee dass Jo schwanger gewesen sein könnte, wäre ich niemals gekommen, auch nicht, nachdem ich von ihr und Sven wusste. Schwanger sein, das passte irgendwie nicht zu ihr.
„Du weißt, wie ich zu ihr stand," sagt Eva, „wir waren nicht grade Freundinnen. Ich war mit Max zusammen, der war mit Sven befreundet, wir waren oft zu viert unterwegs. Max hatte nichts gegen Jo, er fand sie witzig

und unkonventionell. Mir ging sie meistens auf den Geist, sie war so unberechenbar. Mal drehte sie übertrieben auf, ein andermal brütete sie nur vor sich hin und blaffte jeden an, der es wagte, sie anzusprechen. Man wusste nie, woran man mit ihr war. Oft bekam sie aus heiterem Himmel einen Wutanfall. Sven stieg dann manchmal zum Spaß drauf ein, manchmal auch im Ernst. Dann kam es vor, dass der Streit eskalierte, und Max und ich verdrückten uns. Jo und Sven passten im Grunde überhaupt nicht zusammen. Ich konnte es nicht glauben, als die beiden eines Abends Arm in Arm bei uns aufkreuzten. Sven hat seine vorherige Freundin wegen Jo in die Wüste geschickt, sie war eine Klasse unter uns und schrecklich in ihn verliebt. Sie hatte schwer damit zu kämpfen, so kaltschnäuzig abserviert zu werden. Ich mochte sie gern und war wütend auf Jo, obwohl sie ja streng genommen nichts dafür konnte. Jo und Sven, ausgerechnet! Ich hatte immer geglaubt, die beiden hassen sich."

„Jo hat sich eben in Sven verknallt, so was soll ja vorkommen." Eva schaut mich zweifelnd an.

„Soll ich dir sagen, was ich denke? Jo wollte eine feste Beziehung mit Sven, sie wollte Sicherheit, so was wie – Familienanschluss. Da kam sie bei Sven aber an den Falschen! Sie imponierte ihm, das schon, er fing was mit ihr an, weil sie als einziges Mädchen weit und breit eben nicht in ihn verliebt war und sich nichts von ihm sagen ließ. Das war mal was Neues, und es machte ihm eine Weile Spaß. Kann sein, er mochte sie sogar. Aber eine dauerhafte Beziehung, womöglich mit Zukunftsoption? Dafür kam sie nicht in Frage, dafür war sie zu extrem, zu wenig - gesellschaftsfähig. Svens Familie hätte sie niemals akzeptiert, die uneheliche Tochter einer zweitklassigen Schauspielerin vom Stadttheater."

Eva unterbricht sich und schaut wieder auf die Uhr. „Oh je, schon so spät! Ich muss los, noch ein paar Besorgun-

gen machen. War nett, mit dir zu reden! Wir sehen uns gleich bei der Feier."
An der Tür dreht sich noch mal um. „Ich weiß, dass du es nicht wahrhaben willst, Sophie, schon damals habe ich gemerkt, dass du uns nicht glaubst. Du denkst immer noch, wir verheimlichen etwas, du unterstellst mir und Sven, dass wir damals nicht die Wahrheit gesagt haben über das, was an jenem Abend passiert ist. Aber auch wenn es dir nicht passt: Jo war schuld an dem Unfall!"

Plötzlich habe ich nicht mehr dir geringste Lust, den Anderen aus meiner Klasse zu begegnen. Das Gespräch mit Eva hat mir gereicht. Dabei hat sie wahrscheinlich recht, ich will es einfach nicht wahrhaben, dass Jo schuld war an dem Unfall. Ich habe sie immer idealisiert, sie für etwas Besonderes gehalten, weil sie meine Freundin war. Sie durfte einfach nicht schuld sein! Es hätte mein Bild von ihr zerstört. Ich konnte nicht ertragen, an ihr zu zweifeln, weil ich dann an mir selbst hätte zweifeln müssen.
Die Aula ist jetzt voller Menschen, sie stehen in Gruppen zusammen und unterhalten sich, Umarmungen, Gelächter, Wiedererkennen. Dort hinten steht Frau, die ich gestern beim Rialto gesehen habe. Ich muss unbedingt Eva nach dem Namen fragen. Alle Gesichter kommen mir gleichzeitig fremd und vertraut vor, allmählich verliere ich den Überblick. Die Parallelklasse scheint vollzählig zu sein. Die haben wohl kein Problem mit ihrer Vergangenheit. Unsere „A" dagegen war ein seltsamer Verein. Wir konnten uns zu so sensationellen gemeinsamen Aktionen durchringen wie gegen den verhassten Physiklehrer, und dann wieder waren wir eine Ansammlung von Einzelkämpfern, die sich gegeneinander abschotteten. Hatte das etwas mit Jo zu tun? Sie war wie ein Katalysator, der die guten und schlechten Eigenschaften von uns allen verstärkte, unsere Cha-

raktere sozusagen in Reinform zum Vorschein brachte. Sie war das Zentrum gewesen, auf das sich alle bezogen und das zugleich die Klasse spaltete. Sie ließ niemanden kalt, war immer unübersehbar präsent. An ihr kam niemand vorbei, und es gab nur zwei Möglichkeiten, zu ihr zu stehen: entweder man war von ihr fasziniert oder man hasste sie.

Die Stuhlreihen füllen sich, alle außer der ersten, die für unsere Klasse reserviert wist. Da klaffen noch große Lücken. Mir fällt auf, dass Sven fehlt. Eva setzte sich neben mich. „Wer war die Frau, mit der du grade gesprochen hast?"
„Das war Nanni aus der ‚B'. Die früher immer mit Hot-Pants in die Schule kam. Sie war mal kurze Zeit mit Sven zusammen, nachdem – nach dem Unfall." Eva dreht sich schnell weg, als hätte sie was Falsches gesagt, und winkt Karin, die an der Tür steht und sich suchend umschaut.
„Sind wir etwa die Einzigen von der ‚A'?" Karin setzt sich zu uns. „Schade, ich hatte mich darauf gefreut, euch alle wieder zu treffen. Die ‚B' ist ja fast vollzählig! Wie peinlich für uns! Hallo Sven!"
„Hey Leute! Fast wie früher, oder? Ich fühl' mich als wär' ich wieder Achtzehn!"
Das ist also Sven! Ja, tatsächlich, er ist es noch! Ich kann mich daran erinnern, dass ich mal in ihn verliebt gewesen bin, nein: dass ein kleines Mädchen namens Sophie mal in ihn verliebt war, und ich kann dieses Mädchen sogar verstehen. Er ist immer noch derselbe, unverkennbar, der Macho, dem alle Mädels nachliefen, immer noch sexy, trotz Bauchansatz und dünnen Haaren. Ich erkenne ihn wieder, ganz klar, aber ich erkenne mich nicht wieder. Ich bin eine Andere geworden, und ich bin definitiv nicht mehr in ihn verliebt. Erst jetzt merke ich, dass ich das befürchtet hatte. Ich hatte Angst, ihm zu begegnen, weil ich dachte, ich könnte mich noch

immer so fühlen wie damals auf der Eisbahn in der Skifreizeit, als ich die Kontrolle über meine Schlittschuhe verlor und überglücklich an Svens Brust landete. Wir fielen zusammen aufs Eis, er kam unter mich zu liegen, stieß mich weg wie einen nassen Sack und rappelte sich wütend auf. „Manche sind sogar zum Schlittschuhlaufen zu blöd!" rief er mir zu, während er davonfuhr. Als ich dann endlich auf meinen wackligen Beinen stand, drehte er in sicherem Abstand weiter seine Runden. Jo hat mich dann getröstet. Sie war natürlich nicht zu blöd zum Schlittschuhfahren und fuhr mit ihm um die Wette, während ich draußen saß und ihnen zusah.

„Hallo zusammen. Lange nicht gesehen." Ein schlanker, gut aussehender Mann, die Gucci-Jacke lässig über der Schulter, zeigt auf den freien Stuhl neben Sven. „Ich gehöre zwar streng genommen nicht dazu, aber darf ich mich trotzdem neben dich setzen, Sven?" Ohne eine Antwort abzuwarten, hängt er seine Jacke über die Stuhllehne und setzt sich. „Hallo Max!", sagt Karin.

Einmal Jo sein!

Der Geräuschpegel senkt sich, als die Direktorin ans Mikrofon tritt. "Frau Doktor Grill, sie ist sehr nett", flüstert Eva mir ins Ohr.
"Ich grüße Sie", beginnt Frau Grill ihre Rede, verspricht, sich kurz zu fassen, wettert dann aber ausführlich gegen Pisa-Stress und Turbo- Abitur. Dann kommt sie zum zentralen Punkt ihrer Rede. „Unser Leben verläuft nicht kontinuierlich, sondern in Zeit-Abschnitten, die alle gleichermaßen wichtig sind. Die Schulzeit zum Beispiel ist ein prägender und auch risikoreicher Lebensabschnitt. Er hat seinen Wert in sich selbst und nicht nur in Hinblick auf die Zukunft als Erwachsene." Sie zieht ein Blatt aus ihrer Jackentasche, legt es aufs Pult und streicht es sorgfältig glatt.

"Die Mädchen und Jungen, deren Namen ich Ihnen jetzt vorlesen werde, haben eine Zukunft als Erwachsene nicht erleben können. Sie sind während ihrer Schulzeit an diesem Gymnasium gestorben, durch Unfälle, Krankheiten, auch durch Selbstmord. Wir wollen sie nicht vergessen. Ihre Namen sollen uns daran erinnern, dass Schulzeit Lebenszeit ist, kostbar und unwiederbringlich. Zeit, sich auszuprobieren, Freundschaften zu schließen, sich zu verlieben, Fehler zu machen, unter Umständen auch zu sterben. Zeit, die nicht uns Erwachsenen gehört, sondern unseren Kindern."
Sie liest die Namen vor, ich warte auf Jo, aber zuerst nennt sie einen anderen: Julian.
Ich erinnere mich genau an ihn, ein blasser, hellblonder Junge, introvertiert und exzentrisch, ein Künstlertyp. Viele Mädels flogen auf ihn. Er trug nur schwarze Klamotten und schrieb Gedichte. Bei einer Schulfeier trug er mal ein paar vor, sie waren wirklich nicht schlecht. Ich fand es mutig von ihm, sich vor uns Banausen hinzustellen, etwas selbst Gedichtetes vorzulesen und sich

von den Lachern, die unvermeidlich aus dem Publikum kamen, nicht aus dem Konzept bringen zu lassen. Und dann, kurz vor Weihnachten, hieß es, er habe sich umgebracht. Wir waren alle schockiert. Fast die ganze Schule erschien zu seiner Beerdigung. Jo nahm sein Tod besonders mit. Ich verstand nicht ganz warum, wir hatten Julian eigentlich gar nicht gekannt. Vielleicht kam es daher, dass ihre Mutter auch schon mal probiert hatte, sich das Leben zu nehmen, mit Schlaftabletten. Miriam hatte sie eines Morgens in ihrem Bett gefunden und zum Glück gleich gemerkt, was los war. Jo hat mir das später einmal erzählt.

Nach den Weihnachtsferien schienen die meisten Julian vergessen zu haben. Ende Februar stieg wie jedes Jahr die große Schul-Faschingsparty. Einen Tag vorher sagte Jo zu mir: „Komm morgen Nachmittag vorbei, wir holen uns was aus dem Kostümfundus. Meine Mutter meint, das geht schon klar." Um drei Uhr stand ich bei ihr auf der Matte. Das Fest würde um sechs Uhr anfangen, bis dahin sollte uns was eingefallen sein. Jo zog mich in die Wohnung und schloss die Tür.
„Ich dachte wir gehen zum Theater rüber und suchen uns Kostüme aus?", fragte ich verwundert, aber sie schüttelte den Kopf.
„Nicht nötig. Ich habe umdisponiert. Ich gehe nicht zu der Party."
„Ach, schade, eigentlich hatte ich mich doch ein bisschen darauf gefreut. Was ist los, warum kannst du nicht?"
„Erstens, ich will nicht, dieser ganzen Faschings-Klamauk geht mir auf den Geist. Zweitens habe ich nur von mir geredet. Du wirst natürlich hingehen, ohne mich!"
„Kommt nicht in Frage. Was soll ich da ohne dich?"
„Du wirst mich vertreten!"

„Was soll das heißen? Du weißt genau, dass ich keine Lust habe, allein auf so eine Fete zu gehen, und außerdem hab ich immer noch nicht die geringste Ahnung, als was ich mich verkleiden soll." Ich war kurz davor zu heulen! Erst vermasselte sie mir den Spaß, indem sie nicht mit wollte, und dann erwartete sie auch noch von mir, dass ich alleine dort erschien!
„Ganz einfach: du gehst als Jo", sagte Jo.
„Als WAS??"
„Nicht als Was, als Wer. Als ICH, habe ich gesagt, als Johanna, Jo, wie du willst." Ich verstand sie noch immer nicht, aber allmählich wurde mir klar, dass sie irgendwas plante.
„Komm, ich habe schon alles vorbereitet. Wart's ab, du wirst eine perfekte Jo!" Sie zog mich ins Schlafzimmer. Auf dem Bett lagen ein paar von ihren Klamotten, wie sie sie immer trug, Jeans und Sweatshirt. Außerdem eine Perücke und eine potthässliche pinkfarbene Sonnenbrille.
„Das Einzige, das sich nicht ändern lässt, sind deine Augen. Sie sind nun mal braun und nicht grau wie meine, das könnte jemandem auffallen, deshalb musst du die Brille tragen. Zieh mal meine Sachen an." Ich war im letzten halben Jahr ziemlich gewachsen und nun fast so groß wie Jo und genauso dünn. Ihre Jeans passten mir perfekt, und das Sweatshirt stand mir richtig gut, fand ich. „Jetzt die Haare." Jo stülpte mir die Perücke über. Es war in der Zeit vor ihrer Haarschneide-Aktion, und die Perücke glich sozusagen aufs Haar ihrer wilden schwarzen Mähne. Ich sah ihr damit schon ziemlich ähnlich, aber sie war noch nicht zufrieden und begann, mich zu schminken. Es dauerte lange, irgendwann wurde ich ungeduldig.
„Jetzt ist es perfekt", meinte sie endlich und drehte mich zum Spiegel. Ich erschrak. Das war nicht ich, das war Jo! Meine Wangen waren hohler, mein Kinn breiter und meine Nase länger geworden.

„Wie hast du das hingekriegt?"
„Meine Mutter hat es mir beigebracht. Ein paar Schatten richtig verteilt wirken Wunder, plötzlich hast du ein völlig anderes Gesicht. Hallo Jo!" Sie lachte. „Steh mal auf und beweg dich." Ich ging durchs Zimmer. „Na, das sieht noch ziemlich nach Sophie aus." Wir übten eine Weile, dann hatte ich ihren Gang und ihre Art, die Schultern hängen zu lassen, ganz gut drauf.
„O.k., ich würde sagen, jetzt gehst du hundertprozentig als Jo durch. Ich glaube, die Brille ist nicht mal nötig, keinem wird auffallen, dass Jo plötzlich braune Augen hat, aber nimm sie trotzdem mit, für den Anfang, bis sie sich an dich gewöhnt haben. Dann schaut sowieso niemand mehr genau hin. Ich glaube, du musst dich beeilen!" Nun bekam ich doch Angst. Wie sollte das gehen, ich als Jo? Die Anderen würden es nach kurzer Zeit merken und mich auslachen. Ich war eben nicht Jo, ich dachte nicht wie sie, ich redete nicht wie sie, und außerdem war ich viel zu schüchtern, um so aufzutreten wie sie. Niemand würde mir das abnehmen, nicht eine Sekunde!
„Du wirst es schaffen", beruhigte sie mich. „Nein, das stimmt so nicht, du wirst es nicht nur schaffen, mich zu spielen, du wirst Jo sein! Du kennst mich so gut, ich stecke ja sozusagen in deinem Kopf, du brauchst mich nur rauszulassen, dann geht es von selbst. Und warte mal ab, am Ende hast du noch Spaß daran, ich zu sein! Aber morgen bin ich wieder Jo und du Sophie. Abgemacht?" Ich fand das Ganze nur mäßig lustig, aber es schien ihr aus irgendeinem Grund wichtig zu sein, deshalb machte ich mit, wie immer.

Das Spiel begann schon auf der Fahrt zur Schule. Als ich in den Bus stieg, saßen Eva und Karin drin und musterten mich erstaunt. Eva ging als ‚Madonna', was sonst, mit knappem Mieder und Netzstrümpfen, die

Haare noch blonder als gewöhnlich. Karin saß als Michael Jackson mit mürrischem Gesicht daneben.
„Hallo Jo", sagte Eva spöttisch, „ist dir kein Kostüm eingefallen? Und sowas ist Tochter einer Schauspielerin!" Hastig setzte ich die Sonnenbrille auf.
„Das reicht doch wohl als Verkleidung", gab ich in Jos herablassendem Ton und mit ihrer tiefen Stimme zurück.
„Klar, mit der Brille würde dich nicht mal deine Mutter erkennen." Sie sah sich suchend um. „Und wo ist dein Schatten?" Ich verstand nicht gleich. „Die unvermeidliche Sophie? Sonst klebt ihr doch immer zusammen. Es geht eben nichts über eine unscheinbare Freundin, von der man sich vorteilhaft abhebt!" Jetzt hatte ich kapiert! Für einen Moment schnürte der Zorn mir den Hals zu, aber dann gab ich ganz cool zurück: „Du musste es ja wissen." Karin warf mir einen hasserfüllten Blick zu. Ich verzog mich nach hinten. Es warf mich wirklich um, wie verletzend ich sein konnte. Und es machte mir auch noch Spaß! Dabei hatte ich gar nichts gegen Karin! So läuft das, dachte ich, wer sich nicht wehrt kommt unter die Räder. Auf der Gewinnerseite fühlte es sich definitiv besser an!
Vor der Schule ließ ich die beiden vorausgehen. Auf der Treppe überholte mich Sven. „Du gehst also auch als du selbst", bemerkte er beiläufig. Er war nicht verkleidet, abgesehen von einer pinkfarbenen Krawatte, die er sich lässig wie einen Schal um den Hals geschlungen hatte.
„Mir ist wirklich nichts Besseres eingefallen", gab ich zurück. Er lachte. „Gute Antwort. So ging's mir auch. Bis gleich, wir sehn uns!" Er lief die Treppen hoch, als wäre jemand hinter ihm her. Ich hatte seine Bewunderung gespürt. Verdammt, warum konnte ich als Jo so schlagfertig sein, dass Sven von mir beeindruckt war? Ich war doch trotzdem ich selbst, die langweilige Sophie! Hätte ich nicht wie Jo ausgesehen, er wäre an mir vorbeigerannt ohne mich eines Blickes zu würdigen. Ich

hätte gar nicht erst die Gelegenheit gehabt, schlagfertig zu sein. Und wenn doch, dann hätte ich garantiert kein Wort rausgebracht.

Die Aula war gerammelt voll. Musik dröhnte aus riesigen Lautsprechern, eine Disko-Kugel ließ Lichtpunkte über die Tanzenden wandern. Eva/Madonna zog eine Show auf der Tanzfläche ab, Sven knutschte mit einem Mädchen rum, das ich nicht kannte, dort drüben stand Max und schüttete Bier in sich rein, sonst sah ich niemanden aus unserer Klasse. Die Musik war gut, eigentlich hatte ich Lust zu tanzen. Jo hätte das gemacht, also sollte ich es auch versuchen. Ich setzte eine coole Miene auf, ging die paar Stufen zur Tanzfläche rauf und mischte mich unter die Anderen. Niemand beachtete mich. Anfangs versuchte ich, wie Jo zu tanzen, ich hatte ihr oft genug zugesehen, aber dann vergaß ich Jo und es ging wie von selbst, ich tanzte ohne irgendwelche Hemmungen. Wenn jemand mich lächerlich fand, dann fiel es auf Jo zurück, nicht auf Sophie. Ich schloss die Augen, und bald dachte nicht mehr daran, wie es vielleicht aussah, was ich da machte, es war nur einfach gigantisch, so hatte ich mich noch nie getraut zu tanzen, ich hob einfach ab!
Als ich die Augen wieder aufmachte, fiel mein Blick auf einen Jungen, der neben mir tanzte. Er war irgendwie auffällig, schwarze Klamotten, lange blonde Haare, und er kam mir irgendwie bekannt vor. JULIAN! schoss es mir plötzlich durch den Kopf. Er tanzte mit uns, als wäre es das Selbstverständlichste von der Welt, dass ein Toter wieder aufersteht und an Faschingsparty teilnimmt. Er tanzte den typischen Julian-Stil, immer knapp neben dem Rhythmus, mit ausschweifenden Armbewegungen und langsamen Drehungen. Niemand schien ihn zu bemerken. Er tanzte in meine Nähe, folgte mir eine Weile, dann war sein Gesicht ganz nahe an meinem. „Hallo Sophie!", sagte Jo. „Du bist wirklich große Klas-

se, fast besser, als ich selbst Jo sein könnte!" Sie grinste ihr Jo-Grinsen, dann tanzte sie wieder weg von mir und war Julian.
Allmählich erregte dessen Erscheinen Aufmerksamkeit. Ein paar Tänzer hielten inne und starrten ihn an wie jemanden aus einer anderen Welt, was er ja auch war. Die Nachricht machte die Runde, die Bewegung auf der Tanzfläche erstarb. Jo kam noch mal in meine Nähe, „hau rechtzeitig ab!", raunte sie mir zu, dann bewegte sie sich zum Rand der Tanzfläche und lief die Treppe zur Galerie rauf. Inzwischen hatte jemand die Musik leise gedreht und das Licht angemacht. Alle schauten wie gebannt nach oben. Plötzlich zeigte sich Julian an der Brüstung, kletterte aufs Geländer, ein paar Mädchen kreischten. Er breitete die Arme aus als wollte er runterspringen, alle schrien auf, ich auch, dann ließ er sich nach hinten fallen und verschwand. Einen Moment waren wir wie erstarrt, dann rannten die Ersten zur Treppe, der Rest folgte. Ich erinnerte mich, was Jo zu mir gesagt hatte, „hau rechtzeitig ab!" und verdrückte mich unauffällig zum Ausgang.

Am nächsten Morgen tat Jo erst mal, als wüsste sie von nichts. „War ja eine tolle Vorführung gestern", sagte ich in der Pause zu ihr. Wir standen an unserem Platz beim Musiksaal, niemand konnte uns hören.
„Was meinst du?" fragte sie scheinheilig.
„Julian meine ich!"
„Es hat mich einfach angekotzt, wie schnell jemand vergessen wird. Ich glaube, ich hab sie alle ganz schön aufgemischt!" Sie grinste zufrieden.
„Wie bist du raus gekommen?"
„Mit deiner Hilfe natürlich. Jo war ja den ganzen Abend da, also konnte niemand auf die Idee kommen, dass sie Julian ist. Ich hatte in der Toilette meine Klamotten gebunkert und verkleidete mich sozusagen als Jo, bevor die Meute auf der Galerie ankam. „Wo ist er hin? Habt

ihr ihn gesehen?" empfing ich sie, dann schwärmten wir in alle Richtungen aus und suchten nach Julian, aber der hatte sich in Luft aufgelöst, wie es die Art der Toten ist. Vielleicht habe ich ihn auf diese Weise dem einen oder anderen wieder in Erinnerung gebracht.

Nothing else mattters

Fröhlich kommt auf die Bühne. Er ruft unsere Namen in alphabetischer Reihenfolge auf, wir versammeln uns auf der Bühne, verlegen, als wären wir noch Schüler. Er gratuliert uns scherzhaft noch einmal zum bestandenen Abitur und dazu, das wir es offensichtlich in unserem Leben zu etwas gebracht haben, woran die uns in dieser Schule vermittelten Grundlagen der Allgemeinbildung ohne Zweifel einen großen Anteil gehabt hätten. Aber auch die Schule sei natürlich sehr stolz auf die erfolgreichen Ehemaligen, die der nachwachsenden Generation zum Vorbild gereichen könnten. Grinsend und augenzwinkernd schüttelt er jedem die Hand und überreicht einen Kugelschreiber mit goldenem Aufdruck „Abitur-Jahrgang 1987", den wir feierlich in Empfang nehmen wie etwas sehr Kostbares. Dann wird ein Gruppenfoto gemacht. Irgendwie ist es wie früher, allen ist es ein bisschen peinlich und gleichzeitig sind wir alle ein bisschen stolz, worauf, wissen wir nicht genau.
Zum Abschluss der Feier spielt die Schulband „Nothing Else Matters". Der Sänger ist ein hübscher Junge mit roter E-Gitarre und einer wirklich tollen Stimme. „Svens Sohn!", flüstert Eva mir zu. „Er geht mit meiner Großen in eine Klasse."

So hätte es sein können. Meine Kinder wären in diese Schule gegangen, ich hätte mit Karin und Eva Elternabende besucht und Klassenfahrten organisiert, ein ganz normales Leben. Ich habe mich irgendwann mal anders entschieden, einen anderen Abzweig genommen. Daran ist niemand schuld, nur ich. Ich habe es so gewollt. Bereue ich es jetzt, während ich hier neben Eva sitze? Beneide ich sie etwa? Vielleicht war es ein Fehler, zu glauben, ich könnte alles anders machen, anders leben als die Anderen. So, wie Jo und ich es uns zusammen gewünscht haben: Das Leben auf unsere Art leben, jeder

Tag für uns ist etwas Neues, immer auf das vertrauen, was wir sind, unser Geist ist offen, alles neu zu sehen, sich nicht darum kümmern, was die anderen Leute tun oder denken, nichts anderes zählt!
Plötzlich weiß ich, während Schlagzeug und Gitarrenriffs die Aula zum Vibrieren bringen: niemals könnte ich so leben wie Eva! Hier bleiben, zusammen mit den Anderen, so tun, als wäre nichts geschehen, so leben, als wäre alles vorbestimmt und nicht zu ändern. Nein, so hätte es nicht sein können! Svens Sohn singt die letzte Strophe und lässt seine Gitarre noch mal aufheulen. Nicht nach allem, was passiert ist! Nicht, nachdem ich Jo gekannt habe!

Draußen im Schulhof sind Stände mit Kuchen und heißen Würstchen aufgebaut. Ich gehe mit Karin. „Schade, dass wir uns aus den Augen verloren haben!" Wir erzählen uns stichwortartig, was wir seit dem Abi gemacht haben, und beim Erzählen staune ich, in wie wenigen Sätzen sich der Inhalt von fünfundzwanzig Jahren zusammenfassen lässt, ohne dass man den Eindruck hat, etwas Wichtigen auszulassen. Karin scheint noch was auf dem Herzen zu haben.
„An dem Abend – du weißt schon, der Abend von Svens Party – da hab ich etwas gesehen. Ich musste mal hinter die Hütte zum Pinkeln, es war stockdunkel, nur durchs Hüttenfenster fiel ein bisschen Licht. Das Stromaggregat ratterte, die Musik dröhnte, ich war ziemlich betrunken, früher musste ich mir auf Partys immer Mut antrinken. Später dachte ich dann, wahrscheinlich hast du es dir nur eingebildet, aber das stimmt nicht! Jo stand ein Stück weit entfernt von mir, ohne mich zu bemerken, und sie sprach mit einem Schäferhund – lach mich jetzt bitte nicht aus! Sie beugte sich zu ihm runter, ein schönes, großes Tier, genau wie deine Margo. Einen Moment lang glaubte ich wirklich, es sei Margo, aber du warst ja nicht auf der Party. Jo streichel-

te den Hund und kraulte ihm die Ohren und redete mit ihm, ich konnte nichts verstehen bei dem Lärm. Dann leckte der Hund ihr die Hand, drehte sich um und verschwand im Wald. Als ich zum Feuer zurückkam, saß sie da und starrte in die Flammen. Ich dachte, bin ich schon so betrunken, dass ich Sachen sehe, die garnicht da sind? Aber ich habe es gesehen, ich schwör's! Ich hab dir nur nie was davon erzählt, weil ich fürchtete, es würde dich traurig machen."
Sie hat recht, es hätte mich traurig gemacht. Also war Margo an dem Abend bis zur Waldhütte gelaufen, um sich von Jo zu verabschieden – oder um sie zu warnen? Quatsch, natürlich war es nur Zufall gewesen, sie war durch den Wald gestreunt, hatte Jo gewittert und war zu ihr hingelaufen.

Max setzt sich zu uns. „Das ist wie ein Trip in die Vergangenheit! Ich kann's immer noch nicht ganz glauben, dass ich wirklich hier bin. Fröhlich hat alles darangesetzt, uns noch mal hier zusammenzubringen. Vielleicht denkt er, dass wir uns nach all den Jahren doch noch was zu sagen haben."
„Weißt du eigentlich, dass Eva und ich dich damals in der Klinik besucht haben?", fragt Karin. „Etwa eine Woche, nachdem der Unfall passiert war." Max sieht sie erstaunt an. „Wir sind zusammen nach Mannheim gefahren, aber dein Vater ließ uns nicht zu dir. Er saß vor deinem Krankenzimmer, wie der Polizist im Krimi, der einen Mordanschlag verhindern soll, und behauptete, du wolltest Eva auf keinen Fall sehen, du wolltest überhaupt mit keinem von uns mehr was zu tun haben. Außerdem würdet ihr aus der Stadt wegziehen. Eva rastete fast aus, ich musste dann mit ihrem Auto nach Hause fahren, sie hat die ganze Strecke über geheult."
Max schüttelt den Kopf. „Das kann ich mir nicht erklären. Es hätte allerdings nicht viel Sinn gemacht, wenn

ihr zu mir reingekommen wärt, ich hätte euch nicht erkannt."

„Wie meinst du das?"

„Ganz einfach. Nach dem Unfall lag ich ein paar Tage im Koma, und danach hatte ich eine totale Amnesie. Ich erkannte nicht mal meine Eltern. Eine Folge des schweren Schädel-Hirn-Traumas. Zum Glück kehrte mein Gedächtnis wieder zurück, aber das dauerte sehr lange. Zu dem Zeitpunkt, als ihr versucht habt, mich zu besuchen, war ich jedenfalls noch nicht ansprechbar. Deshalb verstehe ich nicht, warum mein Vater behauptet hat, ich wolle niemanden sehen. Er hätte doch bloß sagen müssen, was Sache ist."

„Warum seid ihr damals überhaupt weggezogen?", frage ich Max, „Ich fand es seltsam, dass du nach dem Unfall einfach verschwunden bist."

„Mein Vater hatte einen guten Job in Berlin bekommen. Es war mir recht so. Meine Vergangenheit war noch ein leeres Blatt, erst allmählich zeichnete sich etwas darauf ab. Die Erinnerung an euch und an meine Zeit hier kam erst nach etwa einem Jahr zurück. Das geht nicht chronologisch, mal taucht ein Bruchstück auf, mal ein anderes, man muss sich alles mühsam wieder zusammensetzen. Inzwischen ist, glaube ich, alles wieder da, nur der Unfall fehlt. Er ist wie ausgeblendet, als hätte ich ihn nie erlebt. Überhaupt dieser ganze Abend, ich habe nicht mehr die geringste Erinnerung daran, alles ist weg, restlos. Eigentlich bin ich ganz froh darüber." Er trinkt sein Bier aus.

„Am Anfang, als die Erinnerung wieder zurückkehrte, kam es mir wirklich so vor, als hätte ich das alles nur geträumt. Und nun bin ich mitten in meinem Traum gelandet, und es ist alles real, dieser Ort hier, ihr beide, Sven, Eva - wo stecken die eigentlich? Na, ich mach mich mal auf die Suche. Es hat mich gefreut, euch zu treffen, wir sollten in Verbindung bleiben. Übrigens, das mit der Amnesie sollte unser Geheimnis bleiben, das geht niemanden was an!"

Karin steht auch auf. „Ich schau mich ein bisschen um, mein Sohn ist hier irgendwo unterwegs, wahrscheinlich finde ich ihn in der Hüpfburg oder an der Kletterwand, die sie in der Turnhalle aufgebaut haben. Wir sehen uns sicher noch!"
„Vielleicht nicht, mein Zug geht in zwei Stunden. Eva hat mir versprochen, mich zum Bahnhof zu fahren, hoffentlich denkt sie noch dran. Also dann - " wir verabschieden uns, und ich gehe zurück zur Aula. Vielleicht treffe ich Fröhlich dort, mit ihm habe ich ja erst ein paar Worte gewechselt.

Ausnahmeschauspielerin

Als ich die Eingangstür aufdrücke, sehe ich eine Frau, die ihren Blick über die Leute wandern lässt, als suche sie jemanden. Mir bleibt die Luft weg! Es ist Marta! Nun hat sie mich entdeckt und kommt auf mich zu. Sie muss Anfang sechzig sein, und sie sieht immer noch phantastisch aus! Ihr Haar ist grau geworden, aber noch wie früher eine dichte Mähne, die sie vergeblich mit einem roten Reif zu bändigen versucht. Ihre hellen Augen leuchten, Jos Augen, dezent von Lidschatten umrahmt, und ihr Lächeln wirft mich wie immer total um.
„Hallo Sophie. Schön dich zu sehen! Gut siehst du aus, genau wie früher! Können wir hier irgendwo ungestört ein bisschen plaudern?"

Wir gehen rauf in unser Klassenzimmer und setzen uns in unsere Bank. Marta setzt sich an Jos Platz. „Mein Gott, wie lange das her ist! Wir sind uns bei Jos Begräbnis zum letzten Mal begegnet, nicht wahr? Erinnerst du dich noch daran, wie wir zu dritt in unserer Küche Theater gespielt haben – eine schöne Zeit war das."
„Sicher erinnere ich mich daran. Wir waren richtig gut, besonders du und Jo! Wie geht es dir? Was hast du gemacht nach – nach Jos Tod!"
„Anfangs ging es mir nicht besonders. Ich fiel in ein tiefes Loch, konnte nicht mehr spielen, mein bisschen Talent war wie weggeblasen, als hätte Jo es mit sich genommen. Sie behielten mich nicht am Stadttheater, aber ich wusste nicht, wohin ich hätte gehen sollen, also blieb ich hier in der Stadt, saß den ganzen Tag zuhause rum und fing an, zu viel zu trinken. Zum Glück habe ich noch rechtzeitig die Kurve gekriegt. Heute geht es mir ganz passabel, ich spiele sogar ab und zu kleine Rollen, ansonsten mache ich Theater-Workshops für Kinder und solche Sachen. Macht wirklich Spaß, hätte ich mir früher nicht vorstellen können. Mit Fröhlich zusammen

leite ich die Theater-AG hier an der Schule. Er hat mir gesagt, du würdest bei der Abi-Feier dabei sein, deshalb bin ich hier. Sonst wäre ich nicht gekommen, die Erinnerung an Jo, du weißt schon. Aber ich fand es schön, dass Frau Grill an die Schüler erinnert hat, die nicht erwachsen werden durften. Und was hast du gemacht in all den Jahren?" Ich erzähle noch einmal die Kurzfassung. Dabei wird mir klar, dass die Fakten eigentlich nur ein Gerüst sind, das wirkliche Leben spielt sich im Innern ab, die Gedanken und Gefühle, die man in jedem einzelnen Moment hat und die man nicht erzählen kann, selbst wenn man sich an sie erinnert. Der Gedanke macht mir Angst, die Augenblicke meiner Freundschaft mit Jo könnten irgendwann endgültig verschwunden sein ohne eine Spur zu hinterlassen.
„Hast du mal was von Miriam gehört?" fällt mir ein zu fragen, als ich fertig bin.
„Nach Jos Tod hatten wir einige Jahre keinen Kontakt. Sie hat mir Vorwürfe gemacht, dass ich Jo vernachlässigt und nicht genug auf sie aufgepasst hätte. Sie war der Meinung, ich sei zu einem Teil schuld daran, dass es so weit kam. Vielleicht hat sie recht, aber ich konnte das damals nicht akzeptieren. Für mich waren die anderen schuld, Eva und Sven zum Beispiel, ihre sogenannten Freunde, denen sie im Grunde nicht viel bedeutet hat. Irgendwann rief Miriam mich dann wieder an, und heute mailen wir uns regelmäßig. Sie lebt in New York, hat zwischendurch ein paar Filmrollen gehabt, ist aber wieder zum Theater zurückgekehrt. Es geht ihr gut dort drüben, vor ein paar Jahren hat sie geheiratet, sie meinte, das wolle sie auf ihre alten Tage doch auch mal ausprobieren. Vor längerer Zeit ist sie mal Jos Vater begegnet und hat ihm das mit dem Unfall erzählt. Es muss ihn ziemlich getroffen haben."
Marta schwieg und sieht nachdenklich aus dem Fenster. Warum habe ich sie eigentlich niemals besucht? Sicher, anfangs ging es mir selbst nicht grade gut, aber später

dann – irgendwie war ich wütend auf sie. Auf irgendeine Art gab ich ihr auch eine Mitschuld an Jos Tod, genau wie Miriam.

„Ich glaube, ich war keine besonders gute Mutter", sagt Marta und sieht mich an, als hätte sie meine Gedanken erraten. „Ich war einfach zu jung, als Jo auf die Welt kam. Wenn Miriam nicht gewesen wäre – ich habe sie ziemlich ausgenutzt, bin oft über Nacht weggeblieben und habe das Kind ihr überlassen. Kein Wunder, dass Jo dachte, Miriam sei ihre Mutter.
Damals war ich einfach noch zu hungrig, um Verantwortung für sie zu übernehmen, ich war hungrig auf alles, auf Männer, auf Erfolg, auf Beifall, ja, auch aufs Theaterspielen, ich konnte nie von irgendwas genug kriegen. Und später – Jo war nicht grade einfach, du hast sie ja gut genug gekannt. Sie war so absolut, es gab bei ihr keine Kompromisse, niemals, bei nichts, vor allem nicht beim Spielen. Du hast mitbekommen, wie sie mich fertiggemacht hat, wenn ich nicht perfekt war. Dabei merkt es niemand, wenn man mal schummelt und sich über einen Satz weghilft. Aber bei Jo ging es ums Prinzip. Spielen war für sie, ich würde fast sagen: etwas Heiliges. Sie hat sich in die Rollen geradezu reingesteigert, die Figuren haben völlig von ihr Besitz ergriffen. In solchen Phasen war sie mir fremd, manchmal hatte ich beinahe Angst vor ihr. Wahrscheinlich gehört es zu einer Ausnahmeschauspielerin, so extrem zu sein. Und das war sie zweifellos, eine Ausnahmeschauspielerin. Ab einem bestimmten Zeitpunkt war mir klar: sie hat viel mehr Talent als ich. Das hat mir ziemlich zu schaffen gemacht.
Ich hätte gerne erlebt, was aus ihr geworden wäre. So, jetzt hab ich die ganze Zeit von mir geredet und fast vergessen, dass ich auch deshalb hergekommen bin, um dir etwas zu geben." Sie öffnet ihre Tasche, holt ein

Schulheft mit rotem Plastik-Einband heraus und legt es auf den Tisch.
„Im Grunde weißt du viel mehr über Jo als ich. Ihr habt so viel Zeit miteinander verbracht, so viel zusammen erlebt. Sie hat mir nie von euren gemeinsamen Abenteuern erzählt, na ja, ich war auch immer so mit mir selbst beschäftigt, wahrscheinlich hätte es mich gar nicht interessiert. Heute tut mir das leid, ich weiß, dass ich meine Tochter eigentlich gar nicht gekannt habe." Sie wischt sich eine Träne weg, die über ihre Wange läuft und einen Streifen Wimperntusche hinterlässt. Dann legt sie die Hand auf das Heft und schiebt es zu mir rüber.
„Jo hat Tagebuch geschrieben, wenn auch nicht über lange Zeit. Es beginnt im Februar 1986, als diese Sache mit Sven anfing, und endet ein paar Tage vor ihrem Tod. Ich möchte, dass du es liest, vielleicht stehen ein paar Dinge darin, die du noch nicht weißt. Vielleicht lernst du deine Freundin noch ein wenig besser kennen, vielleicht entdeckst du auch im Nachhinein eine Seite an ihr, die du nicht gekannt hast.
Du kannst es mir ja irgendwann zurückschicken, oder besser, komm vorbei und bringe es mir zurück!"

Sie steht auf und schiebt den Stuhl ordentlich an den Tisch. „Das hier war Jos Platz, nicht?" Wir umarmen uns, und jetzt bin ich dran, mir Tränen von den Backen zu wischen.
„Dieser Sven", sagt Marta beim Hinausgehen, „war mir unsympathisch. Er passte überhaupt nicht zu Jo. Sie war schrecklich verliebt in ihn, aber für ihn war es nur ein Spiel. Er hatte keine Ahnung, was für Gefühle er bei ihr auslöste, dass er mit dem Feuer spielte. Für Jo ging es um Leben und Tod – übrigens, es gab Gerüchte, sie sei schwanger gewesen, aber das ist nicht wahr."

Auf der Treppe kommt mir Fröhlich entgegen. „Sie müssen schon weg?"
„Mein Zug geht in einer halben Stunde."
„Schade, wir hatten zu wenig Zeit, miteinander zu reden." Er wechselt die Richtung und begleitet mich zum Ausgang.
„Eines möchte ich doch gern wissen", frage ich, „warum war es Ihnen so wichtig, dass wir uns hier treffen? Es sind ja nicht viele von uns gekommen, aber ich denke, die, auf die es Ihnen ankam!"
„Da haben Sie recht. Und ich habe erreicht, was ich beabsichtigte: dass Johanna dabei war, wenn auch nur in den Köpfen der Anwesenden. Deshalb habe ich Frau Grill gebeten, die Namen der Schüler vorzulesen, die unsere Schule auf ganz andere Weise verlassen haben als alle, die heute hier waren."
„Sie können sich sicher noch genau so gut wie ich an den Tag erinnern, als Sie in unsere Klasse kamen und uns sagten, dass Jo tot ist."
„Ja, das war kein schöner Morgen, auch wenn er einen wunderschönen Sommertag ankündigte. Ich habe in all den Jahren, die seit diesem Unfall vergangen sind, sehr oft an Ihre Freundin gedacht. Ich weiß auch noch gut, wie ich sie in die Klasse brachte, wie abweisend sie war, als hätte sie von Anfang an beschlossen, sich alle zu Feinden zu machen. Was ihr dann auch so ziemlich gelungen ist, mit ein paar Ausnahmen. Es gab viele in der Klasse, die sie anfangs bewunderten und ihre Freundschaft suchten, aber die meisten hat sie irgendwann so verletzt, dass die Bewunderung in Hass umschlug. Vielleicht wollte sie das so, vielleicht konnte sie Zuneigung nicht ertragen, weil sie wusste, dass Nähe verletzlich macht. Aber ich glaube eher, dass sie über sich selbst verzweifelt war.
Sie hat Ihnen sicher nicht erzählt, dass wir einmal ein langes Gespräch miteinander geführt haben? Es war in der Anfangsphase ihrer Beziehung zu Sven. Sie war

sehr verstört, und ich wusste nicht, was sie von mir erwartete. Vielleicht fehlte ihr ganz einfach der Vater, der ihr Halt uns Selbstvertrauen hätte geben können. Zuletzt schluchzte sie so sehr, dass ich sie kaum noch verstand. Ich hatte das Gefühl, sie fürchtete, von allen verlassen zu werden, sowohl Svens Liebe als auch Ihre Freundschaft zu verlieren. Ich fuhr sie dann nach Hause. Ich glaube, ich habe ihr nicht sehr geholfen."

Plötzlich fühle ich mich schuldig, dass ich Jo in so einen Konflikt gebracht habe. Als mir klar wurde, dass zwischen ihr und Sven etwas lief, war ich einfach nur wütend, sie hatte unsere Freundschaft verraten und ich fühlte mich völlig im Recht mit meiner Wut. Wie es ihr dabei ging, daran dachte ich überhaupt nicht. Man verliebt sich ja nicht mit Absicht, sie konnte nichts dagegen tun. Sie wollte mich nicht verletzen, und zugleich wusste sie, dass sie mich verletzen würde, egal wie sie es anstellte.

„Es gab ja leider in meiner Laufbahn als Lehrer zwei Todesfälle unter Schülern", fährt Fröhlich fort, „Johanna und Julian. Beide haben mich sehr mitgenommen. Bei Julian habe ich mir später den Vorwurf gemacht, nicht bemerkt zu haben, was mit ihm los war.

Was Johanna angeht, so war mein Gefühl von Anfang an, dass hinter diesem Unfall noch etwas Anderes steckt. Sven und Eva haben nicht die ganze Wahrheit gesagt. Ich hatte die Hoffnung, bei dieser Abiturfeier könnte sich im Gespräch zwischen Ihnen etwas herausstellen. Vor allem für Sie habe ich mir das gewünscht. Aber es war wohl naiv zu glauben dass nach so langer Zeit doch noch die Wahrheit ans Licht kommt."

Ein Unfall bei Nacht

Eva steht auf dem Schulhof mit einer Gruppe Eltern zusammen. Ich stelle mich in die Runde und hörte zu. Sie unterhalten sich über eine Klassenfahrt, die im Herbst stattfinden soll. Dann tut Eva so, als hätte sie mich grade erst bemerkt.
„Bringst du mich zum Bahnhof?"
„Ist es schon so spät? Klar, ich hab's ja versprochen."
Wir gehen zum Parkplatz runter. Auf halber Treppe überholt uns Max, winkt fröhlich zum Abschied, steigt in einen schwarzen Porsche, der im Halteverbot steht, und lässt den Motor aufheulen. Wir sehen ihm nach, bis er an der Kreuzung abbiegt und verschwindet.
Während wir durch die Stadt fahren, sagt Eva kein Wort. Sie parkt den Wagen vor dem Bahnhof. Als ich aussteigen will, legt sie die Hand auf meinen Arm. „Ich werde es dir jetzt erzählen. Du hast es ja wahrscheinlich schon von Max gehört, aber jetzt musst du dir die Geschichte noch einmal von mir anhören. Ich habe dieses Versteckspiel satt, ich schleppe das jetzt schon so lange mit mir herum. Ich will, dass du die Wahrheit weißt, und dann kannst du selbst urteilen." Sie streicht sich mit der Hand über die Stirn, als wolle sie die letzten Bedenken wegwischen.
„Es hat vor der Hütte angefangen, kurz nach ein Uhr, als die Fete vorbei war. Alle waren gegangen, und Sven und Jo haben sich gestritten. Jo war den ganzen Abend über komisch, sie hat nicht getanzt, mit fast niemandem geredet, hockte nur am Feuer und stierte in die Flammen. Ich nehme an, sie war sauer, weil Sven diese Nanni eingeladen hatte, die ihm seit ein paar Wochen nachlief. Sie hing den ganzen Abend an seinem Hals, tanzte mit ihm und hat sich unglaublich aufgedrängt. Er hatte anscheinend nichts dagegen, stieg auf ihre Annäherungsversuche ein und ließ Jo einfach links liegen. Ich fand es nicht besonders nett von Sven, Jo so zu provo-

zieren, schließlich waren die beiden schon eine Weile zusammen, wenn auch nicht ganz offiziell. Jo tat mir wirklich leid, man sah deutlich, wie sehr sie darunter litt, dass er sich ihr gegenüber so verhielt. Aber so ist eben Svens Art, er hatte noch nie viel Talent, sich in die Gefühle anderer hineinzuversetzen.

Max und ich saßen im Auto. Max pennte, er war ziemlich betrunken, und ich nickte auch immer wieder ein. Es war halb zwei, ich fragte mich, was die beiden da vor der Hütte trieben. Jo räumte auf wie eine Blöde, Sven versuchte, sie zum Mitkommen zu bewegen, sie sollte uns nach Hause fahren, sie hatte den ganzen Abend fast nichts getrunken. Sven war ziemlich zu. Irgendwann hörte ich, wie sie sich anschrien, dann kam er zum Wagen gelaufen, setzte sich auf den Fahrersitz und startete. ‚Willst du wirklich fahren?', fragte ich ihn, ‚und was ist mit Jo?' ‚Die tickt nicht richtig, soll sie doch hierbleiben!' Sven versuchte, auf dem Platz vor der Hütte zu wenden, schaffte es aber nicht und nahm fast einen Busch mit. In diesem Moment kam Jo angerannt, setzte sich auf den Beifahrersitz und knallte die Tür zu. ‚Na, hast du es dir anders überlegt?' war Svens einziger Kommentar. ‚Soll ich fahren?' ‚Leck mich am Arsch!' Es gelang ihm jetzt, den Wagen zu wenden, und wir fuhren los. Eine Weile sagten die beiden nichts. Ich war froh, endlich nach Hause zu kommen, und schlief halbwegs wieder ein. Dann ging der Streit aufs Neue los. Sven war jetzt auf der Hauptstraße und fuhr viel zu schnell. Den Anfang bekam ich nicht mit, weil ich noch nicht richtig wach war, aber dann verstand ich, was er sagte: ‚Du lässt es wegmachen! Ich lass mir von dir nicht mein Leben versauen! Wenn du nicht die Pille nimmst, dann bist du selbst schuld! Du fährst nach Holland, ich bezahl es, du lässt es wegmachen, hundertprozentig!'

Ich war jetzt hellwach und beugte mich nach vorn, um ihr Gespräch mitzubekommen. Johanna war schwanger, so viel hatte ich kapiert. ‚Ich lass es nicht wegmachen, vorher bring ich mich um, und dich mit.' Jos Stimme war leise, irgendwie verändert, als wäre es garnicht sie, die da sprach. Sven drehte sich kurz zu ihr um. ‚Du bist ja krank im Kopf, voll durchgeknallt, am besten ich bring dich gleich in die Klapse!' Jo antwortete nicht. Sie saß ganz steif da, und dann fasste sie plötzlich ins Lenkrad und riss es mit einem einzigen entschlossenen Griff nach rechts. ‚Scheiße', schrie Sven, ‚du bist verrückt!' Er versuchte gegenzusteuern, ich schrie irgendwas, der Wagen schlingerte von einer Seite der Straße zur anderen, ich weiß nicht wie oft, Sven schrie nochmal ‚Scheiße', und dann fuhren wir mit Karacho die Böschung runter.

Einen Moment lang muss ich weg gewesen sein, mein Kopf tat höllisch weh und mein erster Gedanke war: raus aus dem Wagen! Die Tür klemmte, ich schmiss mich mit der Schulter dagegen, vergaß den Gurt wegzumachen, meine Hände zitterten, ich schaffte es beinahe nicht, ich hatte Panik, fürchtete, das Auto würde gleich in die Luft fliegen wie im Film. Dann war ich draußen und stand mit wackligen Beinen da, konnte keinen Gedanken fassen. Sven stand neben mir, ihm ging es genauso. ‚Was ist mit den Anderen?' Wir gingen zurück zum Wagen. Max saß auf dem Rücksitz, er war wach, sein Gesicht blutete, ‚was ist passiert?', brachte er mit Mühe raus. Dann versuchte er, die Tür zu öffnen, schaffte es aber nicht. ‚Warte, ich versuch es von außen.' Ich ging hinten um den Wagen rum, der stand mit dem Heck an einem Baumstamm, die ganze Seite war eingedrückt, das hintere Fenster zersplittert, er musste sich beim Aufprall gedreht haben, war seitlich an dem Stamm entlanggeschrammt. Zum Glück hatten wir ihn nicht frontal erwischt, sonst wären wir wahrscheinlich alle tot gewesen. Die Tür ging nicht auf, ‚steig auf der anderen Seite aus', rief ich Max zu, und dann hörte ich Sven schreien. Er hatte die Beifahrertür

aufgemacht, und da kippte ihm Jo entgegen, kippte seitlich aus dem Auto und lag halb am Boden, die Beine noch im Wagen. ‚Verdammt, was ist mit dir', schrie er und versuchte, sie aufzuheben, ‚Jo, Jo, wach auf, bitte!' Er klang verzweifelt, zum ersten Mal hatte ich das Gefühl, dass er wirklich an Jo hing, dass sie für ihn nicht nur eine von den vielen Tussis war, die er immer wieder anschleppte, sondern dass er sie mochte, egal was er vorhin im Wagen zu ihr gesagt hatte. Er hat tatsächlich geheult, das hatte ich bei ihm noch nie erlebt. Ich kniete mich neben Jo, sie sah aus, als wäre sie unverletzt, bis auf eine Platzwunde an der Stirn. Ich nahm ihre Hand und versuchte, den Puls zu finden, tastete an verschiedenen Stellen, aber es war nichts zu fühlen. Danach legte ich mein Ohr an ihren Mund, sie atmete nicht. ‚Ich glaube, sie ist tot', sagte ich.
Und dann fing Sven allmählich an, seine Situation zu begreifen. ‚Sie hat mich reingeritten, wie soll ich da jemals wieder rauskommen? Betrunken in den Graben gefahren, Jo tot, wer wird mir glauben, dass sie es war, dass sie ins Steuer gegriffen hat, mit voller Absicht, dass sie schuld ist?' ‚Ich habe es gesehen, ich kann es bezeugen!' sagte ich, aber er lachte nur. ‚Ja klar, du hast es gesehen. Kein Mensch wird uns glauben, dass sie sich selbst und uns alle umbringen wollte! Kein Mensch weiß, dass sie verrückt war, völlig durchgeknallt! Und außerdem war sie schwanger! Welche schwangere Frau bringt sich selbst und ihr Kind um? Sie werden denken, dass ich die Schuld auf sie abschieben will und dass du mir dabei hilfst.' Er hatte recht, das sah ich ein, Jo hatte sich wirklich perfekt gerächt, es gab keinen Ausweg. Doch, es gab einen Ausweg! ‚Los, wir setzen sie ans Steuer!' ‚Was?' ‚Hilf mir!' Ich packte Jo unter den Achseln und zog sie aus dem Wagen. ‚Was hast du vor?' ‚Das sagte ich schon, wir setzen sie ans Steuer.' Er schien es immer noch nicht zu kapieren. Dann sah er mich an. ‚Du bist – das hätte ich nie – warte, ich helf'

dir.' Er nahm Jos Beine, und gemeinsam schleppten wir sie um den Wagen herum.

‚Das nimmt uns keiner ab, sie werden es merken!' Sven sah mich zweifelnd an. Wir legten Jo vor der Fahrertür ab, ich hätte nie gedacht, dass sie so schwer ist, dass ein toter Mensch so schwer zu tragen ist. ‚Sie werden es nicht merken. Die Kopfwunde könnte sie sich auch am Lenkrad geholt haben. Hilf mir jetzt, sie hochzuheben.' Wir setzten Jo auf den Fahrersitz, und dann legte ich ihren Kopf auf das Lenkrad.

Als wir fertig waren, stand plötzlich Max neben uns, Blut lief ihm übers Gesicht, er schwankte und hielt sich am Wagen fest. ‚Was macht ihr da?' Sven und ich sahen uns an. ‚Jo ist schuld, sie hat den Unfall verursacht!' sagte ich und ging auf Max zu. Ich wollte ihn festhalten, er sah aus, als würde er gleich zusammenklappen, aber er stieß mich weg. ‚Was redest du für eine Scheiße! Sven ist gefahren, und ich hab gesehen, was ihr grade gemacht habt! Ihr habt Jo an's Steuer gesetzt, um ihr die Schuld an dem Unfall in die Schuhe zu schieben! Aber nicht mit mir, das sag ich euch, nicht mit mir!' Er wollte auf Sven losgehen, schaffte es aber nicht. ‚Wenn du was sagst, mach ich dich fertig', drohte Sven. Max ging ein paar Schritte vom Wagen weg und sackte an der Böschung in sich zusammen. Sven ist dann zum Seehaus gelaufen, um den Notarzt zu rufen. Ich blieb bei Max und Jo."

Jos Tagebuch

Mein Zug ist weg, ich muss über eine Stunde warten.
„Unser Leben hat falsch angefangen", sagte Eva beim Abschied, „das lässt sich nie mehr reparieren."
Ich suche einen Platz im Großraumwagen. Als der Zug anfährt und die Häuser der Stadt immer schneller vorbeiziehen, wird mir langsam wieder besser.

Evas Bericht hat mich fertiggemacht. Erzählt zu bekommen, wie Jo gestorben ist, das brachte die Gefühle von damals wieder zurück und machte mich traurig. Aber am meisten macht mich traurig, was Jo getan hat. Plötzlich sehe ich sie mit anderen Augen. Es fühlt sich so an, als wäre unsere Freundschaft jetzt wirklich zu Ende. Immer habe ich sie für unschuldig gehalten, meine Jo, meine beste Freundin! Ich hatte recht, sie ist nicht gefahren, aber so ist es fast noch schlimmer. Sie hat ins Steuer gegriffen und damit den Unfall bewusst herbeigeführt. Sie hat den Tod von vier Menschen bewusst in Kauf genommen, weil sie sich zutiefst gekränkt und verletzt fühlte. Sie war mal wieder ausgerastet, wie ich es so oft bei ihr erlebt habe, aber dieses Mal mit katastrophalen Folgen. Dass es nur sie selbst getroffen hat, war reiner Zufall. Beinahe kann ich verstehen, dass Eva und Sven Jo ans Steuer gesetzt haben, weil es ja im Grunde der Wahrheit entsprach! Jo war schuld, aber niemand hätte es geglaubt, niemand hätte für möglich gehalten, was wirklich passiert war.

Zum ersten Mal in meinem Leben fühle ich mich meiner Freundin fern, während sie mir in all den Jahren immer nah gewesen ist, so nah wie kein anderer Mensch. Ich kann nicht begreifen, wie sie so etwas hat tun können. Ich kann ihr nicht verzeihen. Es kommt mir nun so vor, als hätte sie mich die ganze Zeit über belogen, nicht Eva und Sven!

Dann fällt mir das Heft ein, das Marta mir gegeben hat, Jos Tagebuch. Das ist beinahe so, als könnte sie noch einmal zu mir sprechen. Vielleicht kann sie mir erklären, wie es dazu gekommen ist, vielleicht werde ich sie verstehen, wenn ich lese, was sie in den letzten Wochen vor ihrem Tod erlebt, gedacht und gefühlt hat. Ich werde ihre Handschrift lesen und dabei in Gedanken ihre Stimme hören, wie ich sie in Erinnerung habe. Sie wird so jung sein, wie wir damals waren, sie wird niemals älter werden.
Ich nehme das Heft aus der Tasche. Ich halte es in der Hand und plötzlich bekomme ich Angst vor dem, was ich darin über mich lesen werde. Vielleicht steht dort einiges, das mir nicht gefällt. Werde ich jetzt die ganze Wahrheit über unsere Freundschaft erfahren, darüber, was sie wirklich für Jo bedeutet hat? Und die Wahrheit über mich? Manchmal bin ich eine ziemlich nervige und vereinnahmende Freundin gewesen. Ich habe von Jo erwartet, dass sie ihr ganzes Leben nach mir richtet. Sie sollte meine Träume und meine Ängste teilen, sie sollte eine Freundin sein, die mir immer sicher war, die mich nie im Stich lassen und mich nie enttäuschen würde, die keine Geheimnisse vor mir hatte – ich war fast noch schlimmer gewesen als ihre Mutter! Wenn ich mich mit ihren Augen sehe, bin ich mir überhaupt nicht sympathisch!
Andererseits, warum soll es mir etwas ausmachen, zu lesen, was ich ohnehin weiß? Ich bin erwachsen, ich bin nicht mehr das Mädchen von damals, die unsichere, schüchterne Sophie, die sich an ihre starke Freundin klammert. Inzwischen weiß ich, dass sie mich genauso gebraucht hat wie ich sie. Ich war immer da, ich hielt immer zu ihr, machte alles mit, was ihr in den Sinn kam. Ich bin der sichere Pol in ihrem Leben gewesen. Wir waren uns nah, haben oft dasselbe gedacht und gefühlt, und wenn ich nun lese, was sie geschrieben hat, dann werden wir uns vielleicht noch einmal nah sein,

beinahe so, als wäre die Grenze zwischen uns aufgehoben. Genau so wie damals, in einer Sommernacht bei Vollmond, als die Glühwürmchen um uns herumflogen. Ich schlage die erste Seite auf.

14. Februar 1986

Wenn das irgendwann mal irgend jemand lesen sollte: <u>bitte nehmt mich nicht ernst!!</u> Ich habe mich heute <u>verliebt!!</u> Ich bin verrückt, total verrückt, und total glücklich! Ausgerechnet Sven, der mich immer nur genervt hat, den ich manchmal wirklich <u>gehasst</u> habe! Vielleicht ist das ja irgendwie die Vorstufe zum Verlieben. Jedenfalls hat es mich immer gestört, wenn ich ihn mit irgendeinem Mädchen rumlaufen sah, Arm in Arm. Heute in der Schule ist es passiert, als wir Physik hatten bei dem ekelhaften Herrn L., genauer gesagt: danach. Wir haben nämlich so was wie einen Aufstand veranstaltet und die Physikstunde gesprengt. Carola war an der Tafel, L. hasst sie, weil sie viel mehr von Physik und Mathe versteht als er selber, und er wollte ihr einen Fehler anhängen. Natürlich hatte sie keinen gemacht, aber sie stieg voll auf seine Provokation ein und bekam einen Eintrag ins Klassenbuch. Und da geschah ein Wunder, wirklich! Der ganze blöde zerstrittene Haufen, der sich „unsere Klasse" nennt, war sich auf einmal einig, wir standen auf wie verabredet, packten unsere Sachen und gingen raus, einer nach dem anderen, voll diszipliniert, und ließen ihn da alleine rumbrüllen. Später redeten die Klassensprecher mit dem Direktor und dem Vertrauenslehrer, zum Glück ist das Herr Fröhlich, der ist in Ordnung und steht im Zweifelsfall hinter uns Schülern. Wir haben L. nun wirklich los, bekommen einen anderen Physiklehrer.

Aber das wollte ich eigentlich gar nicht erzählen. Also, es passierte auf dem Weg vom Physiksaal zur Aula. Wir *redeten alle durcheinander und waren ziemlich aufgeregt und auch ziemlich stolz auf unsere Sponti-Aktion. Alle waren in Hochstimmung, und plötzlich ging Sven neben mir. „Das war toll, wir waren richtig gut!", sagte ich zu ihm. „Ja, wir sind gut!", meinte er, und dann legte er den Arm um meine Taille und flüsterte mir ins Ohr: „Vor allem du bist richtig gut! Ich mag deine Husky-Augen! Heute Nachmittag im Rialto, fünfzehn Uhr." Dann ging er weiter und tat so, als wär' nichts. Niemand hatte was gemerkt. Hoffe ich jedenfalls. Nur bei Sophie bin ich mir nicht sicher, sie war plötzlich verschwunden. Sie darf es am allerwenigsten merken, wir haben uns schließlich mal gegen Sven verbündet, den unerträglichen Macho, und außerdem ist sie in ihn verknallt, schon seit ewig, die Arme. Sie würde mich <u>vierteilen,</u> wenn sie wüsste, dass ich – ach Quatsch, sie hat bestimmt nichts gemerkt.*

Um drei ging ich also wirklich ins Rialto. Er war schon da. Es war sonnig und ziemlich warm für Februar. Wir saßen draußen in unseren Winterjacken, löffelten Spaghetti-Eis und wussten eine Weile nicht, was wir reden sollten. Aber dann fingen wir an zu quatschen, über uns und über alles, wir redeten einfach drauflos, und irgendwie haben wir total dieselbe Wellenlänge. Sven ist gar nicht der Macho, den er immer spielt, er ist im Grunde schüchtern und verletzlich und einfühlsam und - und - <u>einfach süß!!!</u> Wir haben uns wieder verabredet, seine Eltern sind nächste Woche ein paar Tage weg, er hat mich eingeladen, will was kochen – das kann er also auch! Und wenn es dann passiert? Ich bin aufgeregt und durcheinander und glücklich und vor allem - VERLIEBT! Und ich glaube, er auch! Hoffentlich merkt man uns nichts an, wenn wir morgen wieder gemeinsam im Klassenzimmer sitzen.

15. Februar 1986

Sophie hat nichts mitbekommen, da bin ich jetzt sicher. Ihr ist plötzlich schlecht geworden gestern, sie ging nach Hause und brachte heute eine Entschuldigung mit. Ich hab ihr dann erzählt, wie es weiterging, dass wir einen anderen Physiklehrer bekommen. Wir standen in der Pause hinter dem Musiksaal, sie war wie immer. Ich hatte nicht mal das Gefühl, dass ich ihr etwas verheimliche, obwohl ich jedes Mal, wenn ich an Sven dachte, rote Backen vor Aufregung bekam.
Die Freundschaft mit ihr und das mit Sven, es kommt mir so vor, als gehöre das zu zwei verschiedenen Welten, die nichts miteinander zu tun haben. Wir sind schon so lange Freundinnen. Zuerst dachte ich, mit der kannst du nichts anfangen, die ist zu brav, ein richtiges „Mädchen", aber dann stellte sich raus, dass sie ganz schön wütend werden und sich auch mal wehren kann. Ich glaube, sie mochte mich gleich. Und sie ist die Einzige, mit der man vernünftig reden kann, die weiß, was man sagen will und nicht alles ins Lächerliche zieht. Die meisten scheinen zu glauben, Reden sei eine Art Kampfsport, bei dem es darum geht, den anderen reinzulegen und alt aussehen zu lassen. Ihr kann ich alles anvertrauen, auch Sachen, die mir peinlich sind oder die jeder andere für verrückt und idiotisch halten würde. Wir sind uns in vielem ganz ähnlich, nur dass sie selten richtig aus sich rausgeht, während ich immer gleich explodiere. Nur das mit Sven kann ich ihr nicht sagen. Aber es ist ja eigentlich noch nichts „Wirkliches", niemand weiß davon, es ist unser Geheimnis und soll es auch noch eine Weile bleiben. Irgendwann werde ich es ihr erzählen, vielleicht ist sie ja längst über ihre idiotische eingebildete Verliebtheit weg.

24. Februar 1986

Es ist nichts passiert! Und trotzdem ist ganz viel passiert! Vorgestern war ich bei Sven, er holte mich ab mit seinem GTI, geiles Auto, seine Eltern können sich so was leisten! Sie wohnen in einem Penthouse über ihrer Firma, produzieren Maschinenteile oder so ähnlich, jedenfalls verdienen sie eine Menge Kohle damit. Sven hat ein eigenes kleines Appartement mit Bad und Küche. „Manchmal sehe ich meine Eltern die ganze Woche lang nicht, sie sind von morgens bis abends in der Firma. Ich versorge mich selbst, kein Problem!" Für mich kochte er aber in der großen Küche seiner Mutter. „Es ist wirklich Verschwendung, so eine Küche, sie benutzt sie eigentlich nie. Wenn Gäste kommen, wird ein Catering-Service bestellt. Könntest du mal den Salat putzen?" Während ich den Salatkopf auseinandernahm, zerlegte er fachmännisch einen Fisch, blanchierte Gemüse, zauberte noch nebenbei eine Sauce Bernaise und erklärte mir genau, wie man sie macht. Leider hab ich es schon wieder vergessen. Ich kann ja auch ein bisschen kochen, aber neben ihm sehe ich wirklich blass aus!
Beim Essen kamen wir wieder ins Reden. Er hat ziemliche Probleme mit seinem Vater, der will unbedingt, dass er in die Firma einsteigt, aber er hat keine Lust dazu. „Nach dem Abi möchte ich erst mal durch die USA trampen, mich mit Jobs über Wasser halten und sehen, ob ich überhaupt im Leben zurecht komme ohne das Geld meiner Eltern." Ich bewundere ihn, wirklich! Die meisten würden es sich mit der Kohle von Zuhause bequem machen. „Wenn du willst, kannst du ja mitkommen, zu zweit macht es mehr Spaß!" Vielleicht mache ich das wirklich, die Schauspielschule kann auch noch ein Jahr warten, ein bisschen Lebenserfahrung schadet nichts! Ich erzählte ihm von meiner Mutter, und dass ich lieber bei Miriam in Düsseldorf geblieben

wäre. „Da muss ich deiner Mutter ja dankbar sein, dass sie dich gezwungen hat, mit ihr zu kommen. Sonst würden wir heute nicht hier sitzen!"

Irgendwie kann ich es noch nicht richtig glauben, dass wir zusammen sind, dass er so anders ist als ich dachte. Ich sagte ihm, dass ich ihn immer für einen totalen Macho gehalten habe. Er lachte nur. „Das ist eine Masche. Schließlich geht's keinen was an, wie ich wirklich bin!"
Nach dem Essen fragte er mich, ob ich gern Filme sehe. Seine Eltern haben eine riesige Sammlung Videokassetten. Ich durfte mir einen Film raussuchen und wählte „Auf Liebe und Tod" von Truffaut. Sven wunderte sich, dass ich solche Filme mag. Ich war wirklich hin und weg von der Filmesammlung, sie haben ganz viel aus den Sechzigern und Siebzigern, ein paar meiner Lieblingsfilme sind dabei, zum Beispiel „Cabaret" und „Einer flog über das Kuckucksnest". Ich fragte ihn, ob ich sie mir mal ausleihen könnte. „Wir können sie doch zusammen anschauen", meinte er, als ob wir die nächsten hundert Jahre zusammen verbringen werden! Ich war echt platt! Wir kuschelten uns auf das große Ledersofa und sahen uns „Auf Liebe und Tod" an. Die ganze Zeit über machte er keinerlei Annäherungsversuche, er scheint es nicht eilig zu haben, mich ins Bett zu kriegen, das fand ich echt in Ordnung. Bei Sven hätte ich wirklich etwas anderes erwartet. Wahrscheinlich haben wir uns total in ihm getäuscht! Ich fühle mich einfach wohl bei ihm, legte meinen Kopf an seine Schulter und schlief ein, bevor der Film zu Ende war.

4. März 1986

Schlimmer Streit mit meiner Mutter. Eigentlich wegen gar nichts, ich hatte sie aufgezogen, weil sie sich mal wieder aufgebrezelt hat und neue Klamotten gekauft, es sollte ein Scherz sein, aber sie bekam es voll in den falschen Hals und machte Theater, ich würde ihr überhaupt nichts gönnen, wegen mir müsse sie auf so Vieles verzichten und so weiter.

Anfangs fand ich es ja noch lustig, aber als sie nicht aufhörte, wurde ich allmählich wirklich wütend. Sie scheint es mir übel zu nehmen, dass ich existiere und sie daran hindere, so zu leben, wie sie es sich mal vorgestellt hatte. Ich stehe ihr im Weg, so ist das wohl, aber schließlich kann ich nichts dafür, dass sie damals schwanger geworden ist. Manchmal habe ich das Gefühl, sie hält mich für ihre <u>Feindin,</u> sie glaubt, ich mache alles nur, um sie zu ärgern und ihr das Leben zu vermiesen. „Du hättest eben damals auf Miriam hören sollen", sagte ich trocken, als sie in ihrem Wutausbruch eine Pause einlegte, und das gab ihr den Rest. Sie nannte mich gefühllos und egoistisch und alles, und dann rastete ich aus wie schon lange nicht mehr, griff ins Küchenregal und schmiss einen Stapel Teller runter, die mit einem Riesenkrach in Scherben gingen.

Als die Teller unten lagen, hätte ich heulen können. Wir fegten gemeinsam die Scherben zusammen, dann umarmte sie mich und sagte: „Ich hab dich doch lieb!" „Ich dich auch!", flennte ich. Dann ging sie zu ihrem Rendezvous oder was immer es war, und ich zog mir ein paar dämliche Filme und zwei Tüten Chips rein. Am liebsten hätte ich Sophie angerufen, aber ich traute mich nicht. Wir sehen uns in letzter Zeit wenig, eigentlich nur in der Schule, weil ich nachmittags meistens mit Sven zusammen bin. Sie hat, glaube ich, immer noch nichts gemerkt, und ich habe immer noch nichts zu ihr gesagt. Wenn wir uns dann mal treffen, ist es zwar wieder so wie früher, wir verstehen uns immer noch gut, aber manchmal nervt sie mich auch, sie kann schrecklich kindisch sein, und außerdem ziemlich vereinnahmend.

8. März 1986

Gestern ist es <u>passiert!</u> An meinem Geburtstag! Ich fühle mich – na ja, irgendwie ganz anders, plötzlich erwachsen! Und befreit! Aber der Reihe nach.

In der Schule steckte Sven mir heimlich ein Päckchen zu. Ich hielt durch, bis ich nach Hause kam und machte es erst dort auf. Ein silberner Herz-Anhänger mit einem Brillant lag drin, ich hängte ihn mir gleich um und werde in nie mehr ablegen!!! Für den Nachmittag hatte ich ein paar Mädels zum Kaffee eingeladen, Frauen-Runde mit Sophie, Karin, Eva und Carola. Es war echt nett, sogar die Hexe Eva kann manchmal nett sein. Sie schielte ab und zu nach meinem Anhänger, sagte aber nichts. Die andern haben nichts gemerkt. Zum Glück gingen sie rechtzeitig, denn abends wollte Sven vorbeikommen.
Marta hatte Premiere, was ihr Leid tat, aber mir war es dieses Mal recht. Sie wollte bei ihrem neuen Freund übernachten und versprach mir, meinen Geburtstag nächste Woche mit mir nachzuholen und mich schick zum Essen einzuladen. Ihr Geschenk: ein Paar Sneakers, die ich mir gewünscht hatte und die wir vorgestern zusammen gekauft haben.

Um acht klingelte Sven. Ich war mal wieder aufgeregt, hatte die Wohnung schön gemacht, mit Kerzen und farbigen Tüchern über den Lampen und einer neuen Tischdecke. Auch eine Flasche Wein hatte ich besorgt. Sven wollte das Essen mitbringen, mit seinem Kochen kann ich sowieso nicht mithalten. Und er brachte noch was mit: eine Video-Kassette mit einem ganz neuen Film, kommt erst im Sommer bei uns in die Kinos: „Jenseits von Afrika", im englischen Original. Keine Ahnung, wie er da drangekommen ist.

Wir schauten uns den Film an, er ist wirklich großartig, zwischendurch musste ich heulen. Als er zu Ende war, knutschten wir ein bisschen, und plötzlich fragte Sven, warum ich mir eigentlich damals die Haare abgeschnitten hätte. Ich zog mich in die Sofaecke zurück und musste wieder heulen. Aber dann erzählte ich es ihm.
Ich werde es hier nicht aufschreiben, es geht niemanden was an, nur mich und Sven. Er ist der Einzige, dem ich es je erzählt habe und je erzählen werde. Er sagte, er würde den Kerl am liebsten umbringen, und ob ich meiner Mutter etwas gesagt hätte. Ich schüttelte den Kopf, und dann gestand ich ihm auch noch, dass ich noch nie „richtig" mit einem Jungen zusammen war. „Wir haben alle Zeit der Welt", sagte Sven, „wir machen es nur, wenn du wirklich Lust hast."
Und dann hatte ich plötzlich Lust, obwohl ich geglaubt hatte, ich könnte es nie mehr zulassen, dass jemand mich anfasst!

1. März 1986

Gestern Abend liefen wir Eva und Max über den Weg. Sie guckten nicht schlecht, vor allem Eva. Sven und Max sind befreundet, aber er scheint ihm noch nichts von uns erzählt zu haben. Max ist in Ordnung, für ihn war das gleich o.k., dass wir zusammen sind, er nahm es einfach als Tatsache. Eva benahm sich ziemlich zickig, ich glaube, sie gönnt mir nicht das Schwarze unterm Fingernagel, auf jeden Fall gönnt sie mir Sven nicht. Ich hoffe, sie erzählt es nicht rum, ich traue ihr zu, dass sie Sophie was sagt, nur um mich fertig zu machen.

9. April 1986

Wir sahen uns bei Sven einen alten Film an, „Der Malteser Falke" mit Humphrey Bogart, ein super Krimi aus der schwarzen Serie! Als wir dann zum gemütlichen Teil

übergehen wollten, kamen Svens Eltern überraschend nach Hause. Sie sind mir wirklich total unsympathisch. Sein Vater, so ein aalglatter Typ, gab sich betont locker, „lasst euch nicht stören", rief er und holte sich ein Bier aus dem Kühlschrank. Seine Mutter musterte mich von oben bis unten, ich konnte genau sehen, dass ich auf den ersten Blick bei ihr durchs Raster fiel.
Ich stand auf, „ich muss sowieso nach Hause", versuchte, höflich zu sein, aber sie zeigten mir die kalte Schulter. Sven war auch ganz anders als sonst, irgendwie steif und förmlich, es schien ihn zu ärgern, dass die beiden uns überrascht hatten. Er brachte mich noch runter. „Mach dir nichts draus", meinte er, „sie sind eben so. Im Grunde sind sie in Ordnung, nur meistens ziemlich mit sich selbst beschäftigt." Ich dachte daran, wie er neulich über seinen Vater geredet hatte. Vielleicht darf ich doch nicht alles eins zu eins ernst nehmen, was er sagt.

15. April 1986

Gestern mal wieder mit Sophie unterwegs. Wir hingen mit Margo am Fluss rum, der Hund freute sich riesig, mich zu sehen, sprang an mir hoch und leckte mir das Gesicht ab, was ich eigentlich eklig finde, aber bei Margo stört es mich nicht. Sophie guckte schon ganz eifersüchtig. Dann setzten wir uns ans Ufer und hängten die Füße ins Wasser und redeten wie früher.
Ich merkte, wie wichtig mir trotz allem die Freundschaft mit Sophie ist, niemand weiß so viel von mir wie sie, niemand akzeptiert mich so ohne Wenn und Aber mit meinen ganzen schrecklichen Macken und meiner manchmal unausstehlichen Art. Bei ihr fühle ich mich einfach wie – ja, einfach wie <u>Jo,</u> die alte dämliche Jo, die eben so ist wie sie ist. Sven hatte ich für zwei Stunden ganz vergessen, aber dann bekam ich plötzlich solche Sehnsucht nach ihm, dass mir fast schlecht wur-

de, und gleichzeitig hatte ich Angst, er könnte mich vielleicht vergessen haben (dabei hatte ich ihn ja grade vergessen!).

Ich hielt es nicht mehr neben Sophie aus und ging unter einem Vorwand nach Hause, bloß um ihn anzurufen, und dabei fühlte ich mich schrecklich, weil ich Sophie einfach sitzen ließ und weil ich ihr immer noch nichts von mir und Sven erzählt habe. Er war dann irgendwie abweisend am Telefon – oder bilde ich mir das ein? Jedenfalls hab ich heute Nacht geträumt, Sven und Sophie wären zusammen, sie standen vor der Schule und knutschten rum und drehten mir den Rücken zu, als wäre ich gar nicht vorhanden.

25. April 1986

Ziemlich heftiger Streit mit Sven. Wir hatten uns mit Max und Eva verabredet, ich hätte gern vorher mit ihm allein gesprochen, aber er ließ mich gar nicht zu Wort kommen. Ich war tierisch sauer auf ihn, in der großen Pause hatte ich ihn mit Nanni aus der Parallelklasse gesehen. Sie ist schon lange hinter ihm her, das weiß ich genau, warum lässt er sich darauf ein, mit ihr zu reden? Ich schmollte den ganzen Abend, bis er mich fragte, was denn los sei, und dann fetzten wir uns vor allen Leuten.

"Musste das sein?", fragte er, als er mich nach Hause brachte. Ich war fast am Heulen, es tat mir jetzt schon leid, dass ich angefangen hatte zu streiten. "Ich habe nur mit ihr geredet! Da läuft nichts zwischen uns. Sie hat mich nach was Schulischem gefragt, wegen der Englischarbeit morgen, und dann kamen wir ins Gespräch." "Sie ist hinter die her!", schluchzte ich, aber er lachte mich aus. "Das sind viele, daran musst du dich gewöhnen. Ich lass mich auch nicht von dir einsperren, das sag ich dir gleich. Ich mag dich wirklich,

mehr als alle anderen, aber manchmal brauch ich auch ein bisschen Abwechslung, nur so zum Spaß."
Ich weiß nicht, ob ich damit zurecht komme. Ich merke plötzlich, wie eifersüchtig ich bin, ich kann nichts dagegen tun, es zieht mir den Boden unter den Füßen weg, wenn ich denke, er interessiert sich für eine andere Frau. Und ausgerechnet diese Nanni, die ist doch blöd wie sonst was! Aber sie hat große Möpse und trägt Hot-Pants und hat außerdem reiche Eltern, die mit den Eltern von Sven befreundet sind!

28. April 1986

Meine Mutter sitzt vor dem Fernseher und schaut eine Sendung über diesen Atom-Unfall in Russland. Tschernobyl heißt die Stadt, wo es passiert ist, angeblich sind tausende von Leuten auf der Flucht vor der radioaktiven Strahlung. Ich habe mich in mein Bett verzogen, weil mich das alles nicht interessiert. Das einzige, was mich interessiert, ist meine Liebe zu Sven.

Ich hätte nie gedacht, dass einen das so umhaut! Wenn wir zusammen sind, ist es so, als lebten wir auf unserem eigenen Planeten, nichts anderes zählt, was um uns herum passiert, die Leute, mit denen wir unterwegs sind, alles erscheint mir unwirklich, als ob nur wir beide existieren. Wir brauchen uns nicht zu berühren, nicht zu reden, uns nicht mal anzuschauen, trotzdem weiß jeder, was der Andere grade denkt und fühlt, als wären unsere Gehirne irgendwie zusammengeschaltet. Wenn wir getrennt sind und ich allein bin wie jetzt, kann ich an nichts anderes denken als an ihn, was er gerade macht, ob er an mich denkt, und manchmal erwischt mich dann plötzlich die Eifersucht, ich bilde mir ein, er hat mich grade vergessen, schaut einem Mädchen nach, flirtet mit ihr – und plötzlich glaube ich, dass das alles nur mein Gefühl ist, dass er in Wirklichkeit garnicht ahnt, wie sehr ich ihn liebe, dass das alles für ihn nur ein Spiel ist. Dann wird mir schwindlig, ich muss sofort zum Telefon und ihn anrufen, und gleichzeitig fürchte ich, dass ich ihn nerve. Wahrscheinlich bin ich auf dem besten Weg, total den Verstand zu verlieren.

1. Mai 1986

Gestern brachten sie in den Nachrichten ein Foto von dem explodierten Atomkraftwerk. Es ist wohl alles noch viel schlimmer, als man am Anfang dachte, klar, wir werden mal wieder angelogen. Sven meinte, wir hätten als Babys viel mehr Radioaktivität abbekommen, als jetzt im Moment runterkommt, von den Atomtests in den Sechzigern, und keiner hätte was davon gewusst. „Unsere Generation ist also sowieso total verstrahlt", meinte er, und er will seine Geburtstagsparty auf jeden Fall im Freien feiern. „Wer Schiss hat, soll eben wegbleiben!" Ich bin sicher, dass niemand wegbleiben wird!

10. Juni 1986

Ich glaube, ich bin schwanger! Meine Tage sind seit einer Woche überfällig, und außerdem fühle ich mich so – schwanger eben! Natürlich hab ich keine Ahnung, wie sich das anfühlt und ob es sich überhaupt jetzt schon irgendwie anfühlt.
Das Komische ist, dass ich es eigentlich toll fände, wenn es so wäre! Vielleicht schiebe ich deshalb noch auf, mir einen Test zu kaufen. Ich will mich einfach noch ein bisschen schwanger fühlen, ohne zu wissen, ob es wirklich so ist. Natürlich wäre es eine Katastrophe, ein Jahr vor dem Abi, meine ganzen Pläne könnte ich aufgeben, Schauspielschule, USA – natürlich könnte ich es nicht bekommen, das Baby, unmöglich. Seltsam, jetzt

geht es mir wie meiner Mutter. Ich hab ihr noch nichts gesagt, wieso auch. Vielleicht ist es ja doch nur eine Kopf-Schwangerschaft. Und Sven? Wie würde er reagieren? Darüber denke ich besser nicht nach. Irgendwie bin ich so aufgedreht, ich hab so Lust auf das Leben, ich will einfach nur alles, Sven und ein Baby und Abi machen und USA und Schauspielschule. Ich will Theater spielen und berühmt werden und viele Kinder haben und durch die Welt reisen und ewig mit Sven zusammen sein! Passt das alles in ein einziges Leben? Aber man lebt ja nur dieses eine Mal, man hat keine zweite Chance! Also muss man alles, was einem wichtig ist, in diesem einen Leben machen! Und man kann nichts vorher ausprobieren, es gibt keinen Probelauf. Eigentlich hat man nicht mal genug Zeit, um sich zu überlegen, was man mit seinem Leben anstellen will, denn während man darüber nachdenkt, hat es ja schon angefangen. Und wenn man irgendwann denkt, jetzt weiß ich genug und habe Erfahrung und kenne mich selbst, jetzt kann es endlich los gehen mit dem Leben, dann ist es schon halb vorbei.

Am Schlimmsten wäre, wenn man plötzlich merkt, dass man irgendwo auf der Strecke falsch abgebogen ist und nun in einer Sackgasse feststeckt, aus der man nicht mehr rauskommt. Aber ich rede, als wäre ich schon Vierzig und nicht grade erst Neunzehn geworden! Ich möchte schwanger sein, ich bin wirklich verrückt! Dann wäre die Beziehung mit Sven etwas Wirkliches, etwas, das man nicht so einfach beenden kann, als wäre nichts gewesen.

Ob die Radioaktivität meinem Kind schaden kann? Plötzlich ist mir das alles doch nicht mehr egal!

11. Juni 1986

Ich habe den Test gemacht, negativ, und heute Nacht haben meine Tage angefangen, ziemlich heftig, mein Laken war ganz voll Blut, und Marta regte sich heute Morgen schrecklich auf deswegen. Aber es war mir egal, alles ist mir egal, es ist, als hätte jemand den Stecker rausgezogen, ich hab keine Lust mehr auf irgendwas. Ich liege im Bett, bin nicht in die Schule gegangen, möchte niemanden sehen, vor allem nicht Sven. Wenn er doch käme! Wenn er sich Sorgen machen würde, weil ich fehle, wenn ich <u>ihm</u> fehlen würde, wenn es doch plötzlich an der Tür klingeln würde und er steht draußen und fragt, wie es mir geht!

13. Juni 1986

Natürlich ist Sven vorgestern nicht gekommen! Ich war so wütend auf ihn, weil er nicht mal angerufen hat, und deshalb habe ich blöde Kuh ihn gestern den ganzen Tag über ignoriert, um ihn zu bestrafen, was mir selbst viel mehr wehtat als ihm. Auf dem Heimweg blieb ich dann auf der Brücke stehen und schaute eine Weile runter ins Wasser, und dann musste ich an Julian denken, der damals aus Liebeskummer von der Eisenbahnbrücke gesprungen ist. Plötzlich konnte ich ihn verstehen. Manchmal habe ich wirklich Angst, <u>verrückt</u> zu werden!

15. Juni 1986

Alles ist aus! Heute habe ich Sven in der Stadt gesehen, er stand da mit Nanni, und sie küssten sich. Dann kam Svens Mutter mit ihrem Mercedes angefahren, und die beiden steigen ein, als wären sie <u>verlobt</u> oder so was, als gehöre sie schon zur Familie! Mir ist schlecht, ich hab mich ins Bett gelegt, alles dreht sich. Am liebsten würde ich das Fenster aufmachen und rausspringen,

dann wäre wenigstens alles vorbei. Warum gibt es so was wie Liebe, wenn man sich damit nur wehtut? Warum kann man nie sicher sein, was der Andere <u>wirklich</u> denkt? Warum muss man immer Angst haben, belogen und verraten zu werden? Wenn ich daran denke, wie wir zusammen waren – es kann doch nicht sein, dass er das alles nur so gesagt hat, ohne es wirklich zu <u>fühlen!</u> Ich hab ihm vertraut, meine Geheimnisse mit ihm geteilt – wenn er jetzt dieser Nanni etwas über mich erzählt, vielleicht grade in diesem Moment? Bestimmt hat er sich mit ihr eingelassen, weil ich mich ihm gegenüber so bescheuert verhalten habe! Auf so eine blöde Zicke wie mich kann er wirklich verzichten, wo sowieso alle hinter ihm her sind! Und dann habe ich auch noch das Gefühl, dass Sophie etwas gemerkt hat, sie war heute so komisch, hat fast gar nicht mit mir geredet.
Aber es ist ja kein Wunder, dass alle mir den Rücken zukehren, so wie ich bin, kann man mich nur hassen! Ich habe Angst, dass in mir ein Monster steckt, das irgendwann rauskommt und etwas Schreckliches tut!

16. Juni 1986

Ich habe mit Herrn Fröhlich gesprochen. Er ist der Einzige, dem ich noch zutraue, dass er etwas von mir hält und es ihn interessiert, wie es mir geht. Marta ist mit ihrem neuen Lover beschäftigt, Sophie zieht sich zurück und Sven läuft dieser Nanni hinterher! Ich weiß, es war eine idiotische Idee, ausgerechnet mit einem Lehrer zu reden, das war mir dann klar, als ich ihm gegenüber saß und nicht wusste, was ich eigentlich zu ihm sagen sollte. Wie sollte ich ihm auch erklären, wie es sich anfühlt, so <u>verliebt</u> zu sein und gleichzeitig solche Angst zu haben, dass man von allen, <u>wirklich von allen</u> verlassen wird, weil man irgendwie alle verletzt und niemand mehr etwas mit einem zu tun haben will? Ich bin, glaube ich, nur auf der Welt, um alle Menschen *zu verletzen, meine Mutter, Sophie, Sven – und jetzt merke ich erst mal, wie es ist, wenn man <u>selbst</u> verletzt wird und nichts dagegen tun kann. Zuletzt konnte ich nur noch heulen. Fröhlich fuhr mich dann nach Hause, und jetzt ist mir das Ganze furchtbar peinlich, jetzt habe ich ihn auch noch mit meiner unmöglichen Art abgeschreckt, wer weiß, was er von mir denkt! Ich legte mich auf mein Bett und heulte ins Kissen und stellte mir vor, dass es an der Tür klingelt mein Vater steht plötzlich da und nimmt mich in den Arm und tröstet mich. Das hat mich dann wirklich irgendwie getröstet, und ich bin eingeschlafen.*

18. Juni 1986

Sven und ich haben miteinander geredet, das heißt, ich hab mehr geheult als geredet. Sven hat gestern angerufen, so als wär' nichts gewesen, hat sich mit mir verabredet, er konnte ja nicht wissen, dass ich ihn mit Nanni gesehen hatte! Am Telefon sagte ich nichts, aber ich ging gleich auf ihn los, als wir uns dann trafen, und er hat gar nichts abgestritten. „Du hast das völlig falsch verstanden", sagte er, „wir haben uns nicht geküsst, wir haben Küsschen gegeben zur Begrüßung, und sie nutzte die Gelegenheit, um sich ein bisschen aufzudrängen. Ich hab sie zufällig in der Stadt getroffen, und meine Mutter hat sie mitgenommen, weil ihr Wagen im Halteverbot stand und abgeschleppt worden war. Das ist alles, wirklich, ich schwör's dir!"

Ich bin völlig happy, obwohl sicher wieder viel zu leichtgläubig, aber ich habe heute ein paar silberne Freundschaftsringe gekauft, für Sven zum Geburtstag. Auf seiner Fete werden sowieso alle mitkriegen, dass wir zusammen sind, und dann will ich ihn damit überraschen!

21. Juni 1986

Alles ist gut! Wir waren zusammen am Baggersee, mit Eva und Max, aber die gingen früher nach Hause. Sonst war niemand da, alle haben Angst, rauszugehen und sich eine Strahlendosis zu holen. Aber mir ist es, ehrlich gesagt, vollkommen egal, ob ich in dreißig Jahren an Krebs sterbe, ich lebe <u>jetzt</u> und lass mir die Laune nicht verderben. Vielleicht bin ich ja in dreißig Jahren schon längst an was ganz anderem gestorben.
Wir schwammen zusammen zur Insel rüber, was natürlich verboten ist. Es war tierisch heiß, selbst noch am Abend. Wir lagen im Gras, knutschten eine Weile rum, für alles andere war es zu heiß. Dann schauten wir in den Himmel, sahen zu, wie es dunkel wurde und die Sterne rauskamen, einer nach dem anderen. Eine ganz dünne Mondsichel stand direkt über uns, und darüber ein besonders großer, schöner Stern, genau wie damals, als Sophie und ich an der Startbahn lagen und grade die Maschine über uns weggeflogen war und wir uns die Lunge aus dem Hals geschrien hatten.
Ich fühlte mich leicht wie ein Luftballon, der in den Himmel schwebt – warum kann man nicht immer so glücklich sein?